講談社

ふしぎ古書店《こしょてん》②

おかしな友《とも》だち募集中《ぼしゅうちゅう》

にかいどう青《あお》/作《さく》　のぶたろ/絵《え》

ふしぎ古《こ》書《しょ》店《てん》②

おかしな友《とも》だち募《ぼ》集《しゅう》中《ちゅう》

にかいどう青《あお》／作《さく》　のぶたろ／絵《え》

講談社 青い鳥文庫

この本《ほん》の登場人物《とうじょうじんぶつ》
ミユキさん
？？？
秋山絵理乃《あきやまえりの》
ひびきの友《とも》だち。
正体《しょうたい》はバク。
夢《ゆめ》を食《た》べるアヤカシ。
エイタ

レイジさん
モコさん
「福神堂《ふくじんどう》」の店主《てんしゅ》で、福《ふく》の神《かみ》。
ムジナ
人《ひと》の顔《かお》と記憶《きおく》を借《か》りることができるアヤカシ。
チィちゃん
本《ほん》のツクモ。
ひびきのことが大《だい》好《す》き。
東堂《とうどう》ひびき
読書《どくしょ》好《ず》きの小学《しょうがく》5年生《ねんせい》。

もくじ

第《だい》1話《わ》

モコさんの依頼《いらい》

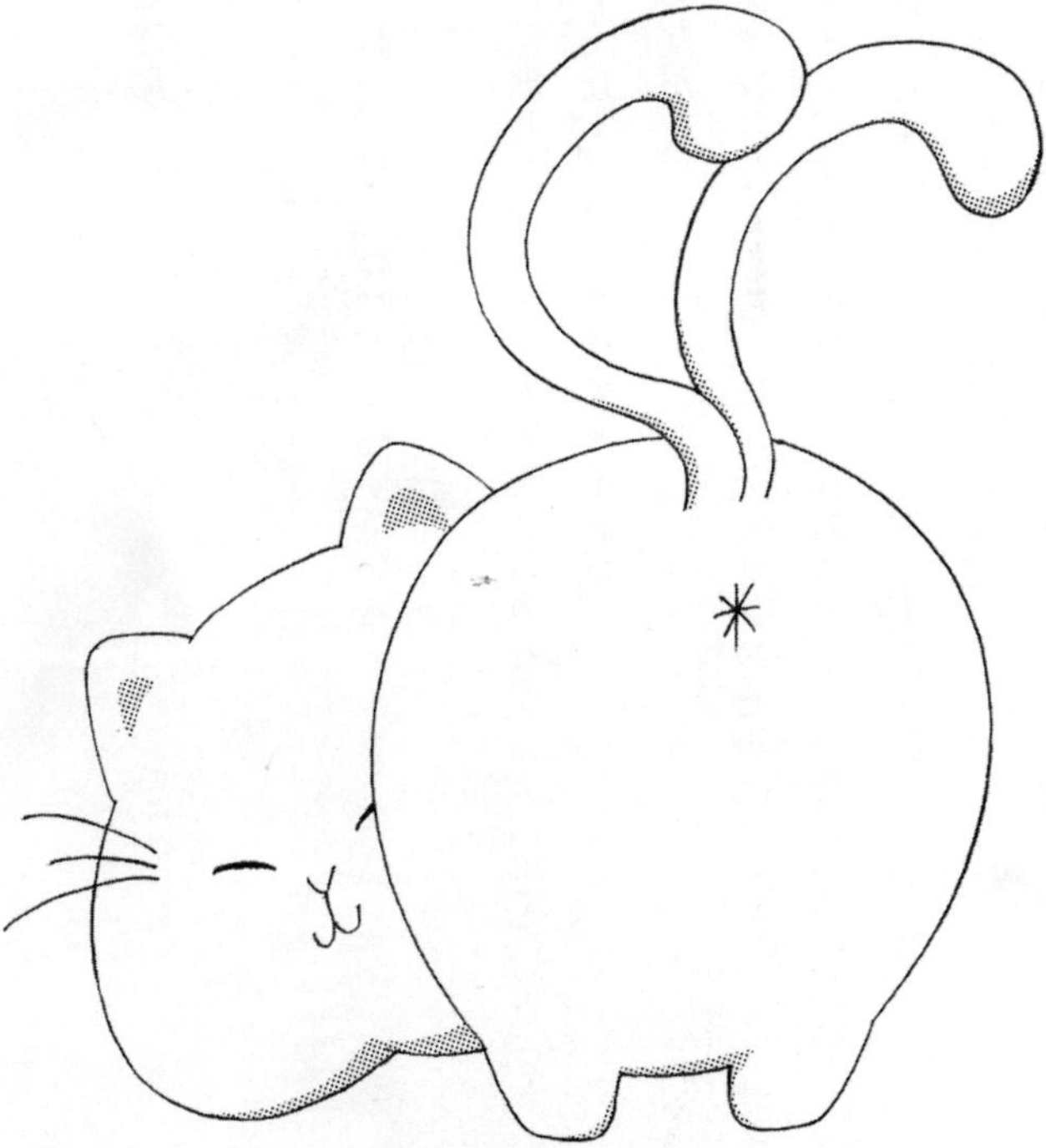

○ 今年《ことし》も夏《なつ》がやってきた ○

学校《がっこう》からの帰《かえ》り道《みち》。

電柱《でんちゅう》にとまったセミが、じーわっ、じーわっ、と鳴《な》いている。

「ぬおーっ、とかす気《き》かーっ！」

わたしのとなりを歩《ある》いていた絵理乃《えりの》ちゃんが、太陽《たいよう》をにらみながら大声《おおごえ》をあげた。

秋山絵理乃《あきやまえりの》ちゃん。葵野小学校《あおいのしょうがっこう》五年《ねん》二組《くみ》のクラスメイトだ。

そして、わたしのいちばんの友《とも》だち。

今日《きょう》も絵理乃《えりの》ちゃんは、オシャレさんである。ピンクのランドセルに、かわいくデザインされたドクロのT《ティー》シャツ、ダメージ加工《かこう》されたデニムのスカートを合《あ》わせていた。

やわらかそうな髪《かみ》の毛《け》を左右《さゆう》でむすんでいる。ぬけた歯《は》も生《は》えかわっていた。

「だいじょうぶ。これくらいじゃ、ひとの体《からだ》はとけないよ。」

わたしがそう言《い》うと、絵理乃《えりの》ちゃんが、どんよりした目《め》をこちらにむけた。

「……東堂《とうどう》ひびきは、ロボットにちがいない。この暑《あつ》さを、なんとも思《おも》わないなんて。」

「わたしだって、ちゃんと暑《あつ》がってるって。」

おでこから汗《あせ》がつうっと流《なが》れた。それをハンカチでぬぐう。

ちょっと前《まえ》に、絵理乃《えりの》ちゃんは、わたしを『ひびき』と呼《よ》ぶようになった。

わたしも『秋山《あきやま》さん』から『絵理乃《えりの》ちゃん』に呼《よ》びかたをかえた。

だけど、絵理乃《えりの》ちゃんは、いつのまにか、わたしをフルネームで呼《よ》ぶ方法《ほうほう》にもどしていた。絵理乃《えりの》ちゃんが言《い》うには、「東堂《とうどう》ひびきは、なんか、『東堂《とうどう》ひびき』って呼《よ》びかたがしっくりくるんだよね。」とのことだった。

絵理乃《えりの》ちゃんは、へろへろと顔《かお》をうつむける。むすばれた髪《かみ》も心《こころ》なしか、しおれていた。

「……うう。暑《あつ》いよー。もうちょい、すずしくしてくれよー。一生《いっしょう》のお願《ねが》いだよー。」

「絵理乃《えりの》ちゃんは、一生《いっしょう》のお願《ねが》い、乱発《らんぱつ》しすぎだから。」

わたしは、もちろん、ロボットではない。

でも、ただの小学《しょうがく》五年生《ねんせい》でもない。

じつは、福《ふく》の神《かみ》の弟子《でし》なのだ。

最初《さいしょ》は、『福《ふく》の神《かみ》の弟子《でし》（仮《かり》）』だったんだけど、いまは、『（仮《かり》）』がとれて、ちゃんと弟子《でし》になった。だからって、修行《しゅぎょう》とかあるわけじゃないんだけど。

あと、福《ふく》の神《かみ》の弟子《でし》でも暑《あつ》いものは暑《あつ》い。

わたしの左《ひだり》の手首《てくび》には、福《ふく》の神《かみ》さまからもらった、ありがたい（はずの）ブレスレットがある。これは、ふつうのひとには見《み》えない、とくべつなものだ。

でも、ひんやり効果《こうか》はないみたい。残念《ざんねん》。


「ただいま。」

玄関《げんかん》でスニーカーをぬぎ、リビングにむかう。

「おう、おかえり、ひびき。」

クーラーのきいているリビングの床《ゆか》で、ごろりんと寝転《ねころ》がっているのは、美澄朱音《みすみあかね》さんだ。わたしは、お母《かあ》さんの妹《いもうと》（叔母《おば》さん）である朱音《あかね》さんといっしょに暮《く》らしている。

お母《かあ》さんとお父《とう》さんが、おしごとで海外《かいがい》にいるからだ。

朱音《あかね》さんは背《せ》が高《たか》くて、髪《かみ》もさらさらで、モデルさんみたいな体形《たいけい》の美人《びじん》である。

ただ、絵理乃《えりの》ちゃんとはちがって、服装《ふくそう》にはあまり気《き》をつかわないタイプだ。

色《いろ》あせたT《ティー》シャツに（裾《すそ》がめくれて、おへそが見《み》えている）、加工《かこう》ではなくて、本気《ほんき》でダメージを負《お》ってしまったみたいなボロボロのショートパンツをはいていた。

「朱音《あかね》さん、寝《ね》てないんですか？」

「んー。さっき、メールで原稿送《げんこうおく》ったとこ。ぼんやりしてた。」

朱音《あかね》さんは翻訳家《ほんやくか》さんだ。

小説《しょうせつ》や、ネットの記事《きじ》などを英語《えいご》から日本語《にほんご》にするおしごとをしている。

「あの、わたし、ちょっと出《で》かけてきてもいいですか？」

「なーに言《い》ってんだよ。」

朱音《あかね》さんはしょぼしょぼした目《め》で、わたしを見《み》あげる。

「そんなん、いいに決《き》まってんだろ。遊《あそ》ぶのは小学生《しょうがくせい》のおつとめだぞ。あ、でも、その前《まえ》にほっぺさわらせて。あれ、癒《い》やされるんだよな。」

一分《ぷん》くらい、ほっぺたをむにむにされてから、わたしは家《いえ》を出《で》た。

○ 古書店《こしょてん》「福神堂《ふくじんどう》」○

「福神堂《ふくじんどう》」はレトロな見《み》た目《め》の古本屋《ふるほんや》さんの名前《なまえ》だ。
町《まち》のなかに、ぽつん、とたっている。
でも、ふつうのひとは、見《み》つけることができない。
ここは、とくべつな古本屋《ふるほんや》さんなのだ。
ガラス戸《ど》をあけると、チリン、チリン、と鈴《すず》が鳴《な》った。
外《そと》よりも、ちょっとだけ、すずしい。お店《みせ》のなかには、背《せ》の高《たか》い本棚《ほんだな》がならんでいる。
でも、棚《たな》はたりていなくて、入《はい》りきらない本《ほん》が、床《ゆか》につみかさねられていた。
「こん」にちは。
わたしが最後《さいご》まで口《くち》にする前《まえ》に。
「わーい、ひびきがきたのっ。」
どすこーい、とチィちゃんがわたしに突撃《とつげき》してきた。

「うわっ！」

おどろいたけど、そうされても、べつに痛《いた》くはない。

チィちゃんには、本《ほん》一冊《さつ》ぶんの重《おも》みしかないからだ。まあ、本《ほん》一冊《さつ》はそれなりに重《おも》いものなんだけど、チィちゃんにぶつかられても、わたしは平気《へいき》だ。

福《ふく》の神《かみ》の弟子《でし》としては、これくらいの物理攻撃《ぶつりこうげき》にはたえねばなるまい。

チィちゃんは、古《ふる》い洋書《ようしょ》のツクモだ。

ツクモというのは、長《なが》い時間《じかん》をかけて、物《もの》に魂《たましい》がやどった存在《そんざい》のことである。

チィちゃんは、挿絵《さしえ》の天使《てんし》の姿《すがた》をしていて、白《しろ》いワンピースの背中《せなか》に小《ちい》さな羽《はね》が生《は》えていた。あかるい色《いろ》の髪《かみ》の毛《け》はふわふわで、千歳飴《ちとせあめ》みたいに甘《あま》い香《かお》りがする。

「ひびき、チィと、おしくらまんじゅうしよっ！」

「えっ、こんなに暑《あつ》いのに？」

おしくらまんじゅうなんて、やったことないけど、それって、寒《さむ》いときにやる遊《あそ》びじゃなかったっけ？

あと、ふたりでやるものでもないと思《おも》う。まあ、できなくもないけど。

「えっと、おしくらまんじゅうは、また、こんどにしない？」

「じゃあね、しりとり！　いっしょに、しりとりしよ！」

チィちゃんは、ぴょこたん、ぴょこたん、とびはねる。

「しりとりならいいよ。」

「チィからね。」

「うん。」

「じゃあ、じゃあ、ニセクロホシテントウゴミムシダマシ！」

「え⁉　なにそれ⁉　魔法《まほう》の呪文《じゅもん》⁉」

ニセモノなの？　テントウムシなの？　ゴミムシってなに？　だましてるの？

早口言葉《はやくちことば》みたいで、なにがなにやら……。

「昆虫図鑑《こんちゅうずかん》にのってたの。おぼえたの。」

「実在《じつざい》するんだ……。あの、もうちょっと、メジャーなところから。」

「じゃあね、リス！」

あ、よかった。ふつうだ。

「それじゃあ、スイカ。」

「カメ!」

「メダカ。」

「カラス!」

「スルメイカ。」

「カイ!」

「イルカ。」

「カモメ!」

「メカ。」

「か……蚊《か》! 血《ち》をすうやつなの。」

「カサブランカ。」

「か、か、か……、また、『か』なの。ひびき、いじわるなの。」

気《き》づかれちゃった。わたしは、わざと『か』でおわる単語《たんご》ばかりを選《えら》んでいたのだ。

チィちゃんは、ほっぺをぷっくりさせる。

「ごめん、ごめん。そういえば、レイジさんは？」

「あっち。のへーってしてるの。」

チィちゃんが、もみじの葉《は》っぱみたいにちっちゃな手《て》で、レジのおくを指《ゆび》さした。

わたしは靴《くつ》をぬぎ、おくの居間《いま》にむかう。チィちゃんも、うしろからついてきた。

「レイジさん、こんにちは。」

古《ふる》そうな扇風機《せんぷうき》がゆっくりと首《くび》をふっているそばで、レイジさんは、漢字《かんじ》の「大《だい》」みたいに手足《てあし》を広《ひろ》げて寝《ね》ていた。

いや、頭《あたま》のすぐ横《よこ》にからっぽのお皿《さら》が置《お》いてあるから「犬《いぬ》」にも見《み》える。

福神礼司《ふくじんれいじ》さん。

福神堂《ふくじんどう》の店主《てんしゅ》で、なんと、福《ふく》の神《かみ》さまだ。ぜんぜん、そんな感《かん》じしないけど。

寝《ね》ぐせっぽい、くしゃっとした髪形《かみがた》。鼻《はな》が高《たか》く、くちびるがうすくて、あごがとがっている。少女《しょうじょ》マンガの王子《おうじ》さまみたいに、キレイな顔《かお》をしていた。

黒《くろ》いズボンに、シンプルな白《しろ》いシャツを着《き》ている。

「おや、ひびきさん。いらっしゃい。」

のっそりと、レイジさんは起《お》きあがった。にっこり、福《ふく》の神《かみ》スマイルをうかべる。

「いやー、すっかり夏《なつ》ですねー。ぼくはもう、バテバテです。やっぱり、夏《なつ》は激辛《げきから》カレーと、福神《ふくじん》づけでのりきるしかありませんね。」

とか、なんとか言《い》ってるけど、レイジさんは汗《あせ》ひとつかいていない。

福《ふく》の神《かみ》だからだと思《おも》う。

なんだか、ちょっとずるい。弟子《でし》のわたしは、こんなに暑《あつ》いのに……。

レイジさんの大好物《だいこうぶつ》は、カレーをそえた福神《ふくじん》づけらしい。

福神《ふくじん》づけをそえたカレーではないところが、かわっている。

それと、レイジさんはだいたい、いつも寝《ね》ている。寝《ね》るのが大好《だいす》きなのだ。

古本屋《ふるほんや》さんをやっているのも、むずかしい本《ほん》を読《よ》むと眠《ねむ》くなるからだそうだ。

なんて、ガッカリな理由《りゆう》だろう……。

わたしは、レイジさんとちがって、ちゃんと読書《どくしょ》が好《す》きだ。

ひとの人生《じんせい》というものは、だれともこうかんすることができない。だれでも平等《びょうどう》に一回《かい》ぶんしかない。

でも、本《ほん》を読《よ》むあいだは、ほかのひとの人生《じんせい》をちょっとだけ体験《たいけん》することができる。

それって、すごくお得《とく》じゃないか。

というのは、お母《かあ》さんがしてくれたお話《はなし》で、いまよりも幼《おさな》かったわたしは、「お母《かあ》さんはすごすぎる！　そのとおりだ！」と思《おも》った。


チィちゃんが、扇風機《せんぷうき》の前《まえ》に、ちんまりとすわる。

「わ〜れ〜わ〜れ〜は〜、う〜ちゅ〜じ〜ん〜な〜の〜。」

扇風機《せんぷうき》の前《まえ》でやる、お決《き》まりのやつだ。

宇宙人《うちゅうじん》というか、チィちゃんはツクモだけどね。

わたしもチィちゃんの横《よこ》にならんですわり、「のあ〜。」と言《い》った。風《かぜ》が気持《きも》ちいい。

そんなことをしていると、チリン、チリン、とガラス戸《ど》についている鈴《すず》の音《おと》が聞《き》こえてきた。めずらしいな。お客《きゃく》さんかな？

……ん？　待《ま》って、待《ま》って。それって、ちょっとおかしい。

だって、ここは、ふつうのひとは、こられない古本屋《ふるほんや》さんなのだから……。

○　モコさんあらわる　○

ふしぎに思《おも》って、わたしはお店《みせ》のほうにむかって首《くび》をのばした。
でも、そこにはだれもいない。
いや、うーん。だれもいないというか……。
「ニャンコっ！」
チィちゃんはそうさけぶと、扇風機《せんぷうき》の前《まえ》から、とびだしていた。
ちっちゃい手《て》で、うんしょ、と白《しろ》いネコをだきあげている。
そう、ネコだ。だれもいないけど、白《しろ》いネコはいる。
まんまるなおモチみたいで愛《あい》らしい。
チィちゃんにだっこされて、体《からだ》が、びろーんと、のびている。
「ニャんや、ちんまい嬢《じょう》ちゃん。ツクモやニャ？」
ネコは、ひょいっ、ひょいっと、うしろ足《あし》を動《うご》かした。

そのときに気《き》づいたのだけど、しっぽが二本《ほん》ある。

いやいや、それよりも、なによりも。

「ネ、ネコがしゃべった⁉」

わたしは、ものすごくびっくりしていた。

「いらっしゃいませ。おやおや、これは、おどろきました。」

レイジさんは、おだやかに言《い》う。

ちっとも、おどろいていないじゃないか！

「お。あんたが、福《ふく》の神《かみ》やニャ。」

「また、しゃべった！　ニャって言《い》った！」

わたしはネコを指《ゆび》さす。

「レイジさん。いま、ネコ、しゃべりましたよね？　日本語《にほんご》しゃべってましたよね？」

「そうですね。ちょっと関西弁《かんさいべん》っぽいイントネーションでしたね。」

前《まえ》に、タヌキそっくりの、ムジナくんというアヤカシにも会《あ》ったことがあるし、福《ふく》の神《かみ》のレイジさんやツクモのチィちゃんだって、十分《じゅうぶん》に衝撃的《しょうげきてき》だった。

でも、ネコがしゃべるなんて！　信《しん》じられない！

ネコは、おしりをふりふりして、チィちゃんの手《て》からするりとぬけると、じょうずに床《ゆか》におりたった。さすがネコだ。それから、ぽてぽて歩《ある》いてきて、段差《だんさ》をジャンプする。

レイジさんは、しゃべるネコの前《まえ》でしゃがんだ。

「はじめまして。ぼくは福神礼司《ふくじんれいじ》といいます。福《ふく》の神《かみ》です。」

「おれの名《ニャ》はモコや。ネコマタっちゅーやつやニャ。」

「ネコマタのモコさんですね。よろしくお願《ねが》いします。」

レイジさんとモコさんは、あくしゅをした。

ネコが「お手《て》」をしているようにも見《み》えたけど。

「そして、こちらは、ひびきさんです。」

わたしもレイジさんの横《よこ》でしゃがみ、ぺこり、と頭《あたま》をさげる。

「あの、東堂《とうどう》ひびきです。どうも。」

「ほう。あんた、人間《にんげん》のムスメやニャ。」

「はい。あ、でも、福《ふく》の神《かみ》の弟子《でし》です。いちおう。」

「弟子《でし》か。ニャるほど。」

なんか、ふつうに会話《かいわ》しちゃってる。ネコと。

ヘンなの！

わたしは、そっと手《て》をのばし、モコさんのあごの下《した》をなでてみた。

ふしゃふしゃ。ふしゃふしゃ。

「あー、そこそこ、気持《きも》ちええわ、テクニシャン……って、ニャにすんねんっ！」

モコさんは前足《まえあし》で、ぺしょん、とわたしの手《て》をたたいた。ツメは立《た》てられていなかったから、肉球《にくきゅう》がぷにっと当《あ》たっただけで、痛《いた》くはなかった。

「初対面《しょたいめん》で、いきニャり失礼《しつれい》やニャいか。」

「あ、ごめんなさい。なんか、かわいくて、つい。」

「おれは愛《あい》くるしいネコマタやからニャ。そこは否定《ひてい》せえへん。せやけど、ものには順序《じゅんじょ》っちゅーもんがあるやろ。おさわりすんニャら、それ相応《そうおう》のモン、払《はろ》うてもらわんと。」

ケチだな、モコさん。

「あの、すみません。ネコマタっていうのは、なんですか？」

よく知《し》らない言葉《ことば》だったので、たずねてみた。

「とても長生《ながい》きをしたネコさんのことですよ。」

レイジさんが、教《おし》えてくれる。

「尾《お》がフタマタにわかれているので、ネコマタというんです。鎌倉時代末期《かまくらじだいまっき》の有名《ゆうめい》な随筆《ずいひつ》集《しゅう》『徒然草《つれづれぐさ》』にもネコマタのお話《はなし》があります。夜道《よみち》を歩《ある》いていたお坊《ぼう》さんが、ネコマタに首《くび》をかまれそうになって、川《かわ》に落《お》ちてしまうんです。お坊《ぼう》さんは、大《おお》さわぎをするのですが、じつは、ネコマタにおそわれたのではなく、飼《か》いイヌがとびついただけだった、というオチがついています。なんでも、ネコマタは、ひとを食《た》べるアヤカシなんだとか。」

「え!?」

「安心《あんしん》せえ。おれは、ひとは食《く》わへん。おれの好物《こうぶつ》はたこ焼《や》きや。」

たこ焼《や》きって熱々《あつあつ》のほうがおいしいけど、モコさんはネコ舌《じた》じゃないのかな? なんてことを考《かんが》えていると、モコさんのうしろから、チィちゃんが、そーっと近《ちか》づいているのが見《み》えた。

モコさんは気《き》づかずに、二本《ほん》のしっぽを、右《みぎ》に左《ひだり》に、ゆらしている。

「えいっ！」

チィちゃんが、モコさんのしっぽを両方《りょうほう》とも、ぎゅっと、にぎりしめた。

「にぎゃーっ⁉」

モコさんは、とびあがる。チィちゃんから逃《のが》れて、わたしのうしろにかくれると、つかまれたしっぽを、熱《あつ》いものでも冷《さ》ますみたいに、ふーふーした。

「ニャ、ニャにすんねん、ちぎれるかと思《おも》うたわ！」

「ダメですよー、チィちゃん。」

立《た》ちあがったレイジさんが、チィちゃんをだきあげる。

「失礼《しつれい》しました。この子《こ》はチィちゃんといいまして、モコさんのお察《さっ》しのとおり、ツクモです。好奇心《こうきしん》がおうせいなんですよ。ゆるしてあげてください。」

チィちゃんはひとみしりだけど、いろんなことに興味《きょうみ》をしめす。知《し》らないうちに、わたしにくっついて、学校《がっこう》にきちゃったこともあった。

「おしかったの。」

チィちゃんは、残念《ざんねん》そうに手《て》をわきわきさせている。

「おしかったって、ニャにがやねんっ！」

モコさんは、たぶん、つっこみ気質《きしつ》なんだ。関西《かんさい》っぽいなと思《おも》った。ヘンケンかな。

「ところで、モコさんは、どういったご用件《ようけん》でこちらに？」

レイジさんは、さらりと話《はなし》をそらす。いや、そらすというか、むしろ本題《ほんだい》だけど。

「せやった。」

モコさんも福神堂《ふくじんどう》にやってきた目的《もくてき》を思《おも》いだしたみたい。ぽてぽてと前《まえ》に出《で》て、レイジさんを見《み》あげる。

「ひとさがしを頼《たの》まれてほしいんや、福《ふく》の神《かみ》。」

「ひとさがし、ですか。」

「ハルニャっちゅー、女《おんニャ》の子《こ》を見《み》つけてほしいねん。」

「はるにゃ……ああ、ハルナさんですね。」

モコさんは、「な」を「ニャ」って言《い》っちゃうみたいだ。

「むかし、この町《まち》におったころ、世話《せわ》にニャった子《こ》や。福《ふく》の神《かみ》ゆーたら幸運《こううん》のカタマリやろ。ひとさがしも得意《とくい》やニャいかと思《おも》うてニャ。どうやろ、頼《たの》まれてくれへんか？」

「そうですねー。ひとさがしですかー。ハルナさん、ハルナさん……。」

レイジさんはチィちゃんをだっこしたまま、目《め》をとじて、「うーん。」とうなる。

引《ひ》き受《う》けるかどうか、悩《なや》んでいるのだろうか。

こんなに、しんけんに悩《なや》むレイジさんを見《み》るのは、はじめてのような……。

と思《おも》ったら、「ぐー。」という、いびきが聞《き》こえてきた。

眠《ねむ》ってしまっただけらしい。

「レイジさん、寝《ね》ないでください。」

わたしは立《た》ちあがって、レイジさんの服《ふく》を、ちょん、とひっぱった。

「おっと。」

レイジさんは、まぶたをひらく。

「これは失礼《しつれい》しました。はい、わかりました。お引《ひ》き受《う》けしましょう。」

モコさんは、うさんくさそうにレイジさんを見《み》あげていた。

「……あんたに頼《たの》むの、不安《ふあん》やニャ。やっぱ、やめとこかニャ。」

「ああ、そこは、安心《あんしん》してください。ハルナさんをさがすのは——。」

言《い》いながら、レイジさんが笑《わら》って細《ほそ》くなった目《め》をわたしにむけた。

「あ、わたしですか？」

わたしは、じぶんを指《ゆび》さす。

考《かん》えてみれば、そうか。レイジさんは、福神堂《ふくじんどう》のそばから、はなれられないらしい。

その設定《せってい》が本当《ほんとう》かどうか知《し》らないけど、こういうときは、弟子《でし》の出番《でばん》だ。

福《ふく》の神《かみ》の弟子《でし》をつづけさせてほしいと、お願《ねが》いしたのはわたしだし、暑《あつ》いからってサボっていられない。


あと、個人的《こじんてき》に、ネコは好《す》きだ。イヌも好《す》きだけど。

「お願《ねが》いできますか？」

「はい。えっと、モコさんが、よければ。」

わたしは、モコさんに目《め》をやる。モコさんも、わたしを見《み》ていた。

「あんた、ひびき、ゆーたか。ちょお、おれのこと、だっこしてくれへんか。」

「あ、はい。」

言《い》われたとおりに、モコさんをだきあげる。びろーん、とモコさんの体《からだ》がのびた。

モコさんは前足《まえあし》を出《だ》して、わたしのおでこに肉球《にくきゅう》を、ぺたっとおしつける。

「ふむ。」

くに、くにと、やわらかな肉球《にくきゅう》でなでられた。

「あの……。」

「しっ。だまっとき。」

よくわからず、わたしはモコさんを見《み》つめつづける。

「ふーん。ニャるほどニャ。ええやろ。あんたに頼《たの》むわ、福《ふく》の神《かみ》の弟子《でし》。」

モコさんの肉球《にくきゅう》がはなれた。

さわられたところだけ、ちょっとあたたかい。

「いまので、なにかわかったんですか?」

「ちょびっとニャ、あんたの記憶《きおく》をのぞかせてもろた。」

「記憶《きおく》……。」

モコさんが見《み》たのは、わたしのどんな記憶《きおく》だろう?

前《まえ》にいた学校《がっこう》での記憶《きおく》だったら、ちょっとイヤだな、と思《おも》った。

「チィも。チィもいくのっ！」

レイジさんの腕《うで》のなかで、チィちゃんがちっちゃな手足《てあし》をばたばたさせていた。

「それはアカン。また、しっぽをつかまれたら、かニャわんからニャ。」

モコさんの言葉《ことば》に、チィちゃんは、ぷんぷくりんに、ほっぺをふくらませる。

「しっぽ、さわりたいのにっ。ぽきって、したいのにっ。」

「ぽきって、ニャんの音《おと》やねんっ！　こわいわっ！」

モコさんは、わたしの腕《うで》のなかで、ぷるぷるふるえる。

そのすきに、モコさんのもっちりお腹《なか》を、ぷにぷにしておいた。

「おそろしいやっちゃ。ホンマ、オニの子《こ》やで。」

「チィはチィだもん。オニの子《こ》じゃないもん。ツクモだもん。」

「反省《はんせい》してへんのかいニャ！　アカン、アカン。ぜったい、連《つ》れていかへん！」

そんなわたしたちをレイジさんは、やさしく見守《みまも》って……いや、寝《ね》てた。

というわけで、モコさんのお願《ねが》いは、わたしがひとりで引《ひ》き受《う》けることになった。

○　ハルナさんをさがそう　○

「気《き》をつけて、いってきてくださいね〜。」

レイジさんに見送《みおく》られて福神堂《ふくじんどう》を出《で》ると、セミの大合唱《だいがっしょう》が聞《き》こえてきた。

夏《なつ》の空《そら》は青《あお》いペンキをぬったみたいに、あざやかだ。

「う。暑《あつ》い……。」

ギラギラした日差《ひざ》しをあびて、じわっ、と汗《あせ》がにじみでてくる。

「あんたは、ええやニャいか。おれニャんか、毛皮《けがわ》やで。ぬぎたいっちゅーねん。」

モコさんは、わたしの足《あし》もとをぽてぽて歩《ある》いている。

「あの、モコさん。」

「ニャんや？」

話《はな》しかけると、モコさんがわたしを見《み》あげた。

「たしかめておきたいんですけど、モコさんは、霊感《れいかん》のないひとにも姿《すがた》が見《み》えているんですか？」

「見《み》えとる。ただ、しっぽは一本《ぽん》にしか見《み》えへん。」

「言葉《ことば》を話《はな》さなければ、ふつうのネコにしか見《み》えないってことですね。」

「そういうことやニャ。」

「わかりました。それじゃあ、こんどはハルナさんについて教《おし》えてください。そもそも、ハルナさんの名字《みょうじ》は、なんていうんですか？」

わたしがハルナさんをさがすことに決定《けってい》すると、モコさんは「ほニャ、いくで。」と言《い》って、福神堂《ふくじんどう》をとびだしてしまったのだ。だから、ちゃんと確認《かくにん》できていなかった。

さがす相手《あいて》の情報《じょうほう》は、多《おお》いほうがいいに決《き》まってる。

まずは、フルネームが知《し》りたかった。

名字《みょうじ》がわかれば、この町《まち》に長《なが》く暮《く》らしている朱音《あかね》さんや、絵理乃《えりの》ちゃんに聞《き》いて、家《いえ》の場所《ばしょ》をしぼることができるのではないかと、わたしは考《かんが》えていた。

朱音《あかね》さんの名字《みょうじ》である「美澄《みすみ》」みたいにめずらしいと、さがしやすそうだ。

「そんニャことは知《し》らん。」

モコさんは、なぜだか自信満々《じしんまんまん》で答《こた》える。

「え、知《し》らないんですか？」

「知《し》らんニャ。」

「ちょ、ちょっと待《ま》ってください。」

わたしはその場《ば》で立《た》ちどまる。

でも、暑《あつ》いので、木《こ》かげのところまで、すすすと、移動《いどう》した。

モコさんも、ぽてぽて、ついてくる。

右見《みぎみ》て、左見《ひだりみ》て、もう一度《いちど》右《みぎ》を見《み》て、左《ひだり》を見《み》る。よし、だれもいない。

モコさんとむきあって会話《かいわ》しているところは、なるべく見《み》られないほうがいいと思《おも》ったのだ。

わたしは、しゃがんで、モコさんに顔《かお》をよせる。

「まず、整理《せいり》しましょう。」

「ええで。」

「モコさんは、ハルナさんという女《おんな》の子《こ》をさがしているんですよね？」

「せやニャ。」

「ハルナさんは、モコさんがネコマタであることを知《し》ってるんですか？」

「いや、ただのネコやと思《おも》っとったはずや。」

「名前《なまえ》はハルナでまちがいないですか？」

「本人《ほんにん》は、そう名《ニャ》のっとった。」

ネコ相手《あいて》に、ウソの名前《なまえ》を言《い》うとは思《おも》えないから、本名《ほんみょう》だろう。

「モコさんは、ハルナさんのおうちに住《す》んでいたんですか？」

「いや。空《あ》き地《ち》でかくれとったところを、見《み》つけられたんや。家《いえ》が近《ちか》くやったんやろう。」

「かくれてた？」

「おれは、人間《にんげん》どもに追《お》われとったんや。わるいことも、ぎょうさん、しとったから
ニャ。石《いし》をぶつけられて、うしろ足《あし》にケガをしてもうた。」

「石《いし》って……そんな、ひどい。」

「人間《にんげん》ニャんて、そんニャもんやで。」

モコさんは、もふん、と鼻《はな》を鳴《な》らす。

「おれがかくれとった空《あ》き地《ち》に、ハルニャがきよった。おれは、人間《にんげん》は好《す》かんから、ツメでひっかいてやったんや。でも、ハルニャは、『こわくニャい。』ゆーて、ケガの手当《てあ》てをしてくれて、おまけに、動《うご》けへんおれに、毎日《まいにち》、食《く》いもんを持《も》ってきてくれたんや。」

なつかしそうに、モコさんは目《め》を細《ほそ》める。

「ただ、そのあと、また、べつの人間《にんげん》どもに追《お》われてニャ、礼《れい》もできへんうちに、おれはこの町《まち》をはニャれてもうた。それきりや。……せやけど、急《きゅう》に思《おも》いだしてニャ、こうして福《ふく》の神《かみ》に頼《たの》みにきたんや。」

「そうだったんですか……。あの、その空《あ》き地《ち》って、どこだかわかります？」

空《あ》き地《ち》なら、いくつもある。

もともとは家《いえ》がたっていたのだろうけど、住《す》むひとがいなくなって、壊《こわ》されて、売《う》りに出《だ》されているような場所《ばしょ》だ。

モコさんのいた空《あ》き地《ち》は、ハルナさんの行動範囲《こうどうはんい》にふくまれているわけだから、そこがわかれば、少《すこ》しはさがしやすくなるんじゃないだろうか。

「それもニャ、よお覚《おぼ》えてへんのや。」

「そうですか。」

下《した》の名前《なまえ》しかわからず、ほかの情報《じょうほう》もゼロとなると、見《み》つけるのは一気《いっき》にむずかしくなってくる。ハルナという名前《なまえ》だけでは、手《て》がかりが少《すく》なすぎた。

顔《かお》の特徴《とくちょう》を教《おし》えてもらっても、あんまり意味《いみ》はないだろうし。

写真《しゃしん》があれば、「このひとを知《し》りませんか?」って聞《き》けるんだけど……。

わたしは、頭《あたま》をぎゅるぎゅると回転《かいてん》させる。

「うーん……。そうだ。ハルナさんは、いくつくらいの子《こ》ですか? 小学生《しょうがくせい》ですか?」

このあたりは葵野小学校《あおいのしょうがっこう》の学区内《がっくない》だ。

在校生《ざいこうせい》なら、学校《がっこう》で先生《せんせい》にたずねれば、教《おし》えてもらえるかもしれない。

卒業生《そつぎょうせい》であっても、卒業《そつぎょう》アルバムがあるはずだし、それをモコさんに見《み》てもらえば、どの子《こ》だかわかる。うんうん、これなら見《み》つけられそうだ。

「年《とし》はわからんが、あんたと、おんニャしくらいやったと思《おも》う。」

「ということは、五年生《ねんせい》くらいですね。」

これは有力《ゆうりょく》な情報《じょうほう》だ。

「モコさんがハルナさんに会《あ》ったのは、いつのことですか？　一年《ねん》くらい前《まえ》？」

それよりも前《まえ》となれば、いまは中学生《ちゅうがくせい》、もしくは高校生《こうこうせい》になっているかもしれない。

それでも、さっきの方法《ほうほう》で、なんとかなるのではないだろうか。

そんなふうに期待《きたい》したのだけれど。

「六十年《ねん》ほど前《まえ》やニャ。」

モコさんの返事《へんじ》を聞《き》いたとたん、わたしはかたまった。

頭《あたま》のなかが一瞬《いっしゅん》、まっ白《しろ》になる。

「……え？　いま、なんて？」

なにかのまちがいかもしれないから確認《かくにん》してみた。

「せやから、六十年《ねん》くらい前《まえ》や。」

聞《き》きまちがいじゃなかった。

「それって、半世紀以上前《はんせいきいじょうまえ》じゃないですかっ！」

わたしは、思《おも》わず立《た》ちあがっていた。

このリアクションって、なんだか絵理乃《えりの》ちゃんっぽいな、と思《おも》った。

一度《いちど》は立《た》ちあがったものの、力《ちから》がぬけてしまって、へなへなとしゃがみこむ。

「六十年前《ねんまえ》に小学生《しょうがくせい》って、いまはもう、おばあちゃんですよ、ハルナさん。」

「問題《もんだい》かいニャ？」

「大問題《だいもんだい》ですっ！」

モコさんは長《なが》く生《い》きすぎて、感覚《かんかく》がマヒしているみたいだ。

どうりで空《あ》き地《ち》の場所《ばしょ》も、なにも覚《おぼ》えていないわけである。

六十年《ねん》もたてば、町《まち》の風景《ふうけい》もがらりと、かわっているにちがいない。

わたしが生《う》まれていないどころか、お母《かあ》さんや朱音《あかね》さんだって、まだ誕生《たんじょう》していないじゃないか。ハルナさんの見《み》た目《め》も、かなりかわっているはずだ。

会《あ》えたとしても、モコさんは、そのひとがハルナさんだって、わかるのかな？

これは、こまったぞ。これから、どうしたらいいんだろう……。

わたしは考《かんが》えこみながら、モコさんのあごの下《した》を、ふしゃふしゃと、なでる。

「あー、そこそこ、気持《きも》ちええわ、ゴッドハンド……って、ニャにやらすねんっ！」

また、モコさんのぷっくり肉球《にくきゅう》で、ぺしょんと、たたかれた。痛《いた》くはない。

「……この町《まち》のどこかってことは、まちがいないんですよね？」

「そうやニャ。」

「たとえば、においで、わかったりしないんですか？」

イヌほどじゃないけど、ネコの嗅覚《きゅうかく》も人間《にんげん》より上《うえ》のはずだ。テレビで見《み》たことがある。

「それでわかるんやったら、頼《たの》んでへんわ。」

「ですよね……。まあ、しょうがないか。」

わたしは、ラッキーアイテムである左手首《ひだりてくび》のブレスレットにふれてから、ひとつうなずき、いきおいをつけて立《た》ちあがった。

「近《ちか》くをぶらぶらしてみましょう。わたし、いちおう、福《ふく》の神《かみ》の弟子《でし》ですから、ラッキーでハルナさんが見《み》つかるかもしれませんしね。あと、モコさんの見覚《みおぼ》えのある場所《ばしょ》があったら教《おし》えてください。近所《きんじょ》のひとに聞《き》いてみますよ。」


それから、わたしとモコさんは、町《まち》をぐるぐる歩《ある》きまわった。

でも、その日《ひ》、ハルナさんは見《み》つからなかった。

○ 手《て》がかり ○

「ハルナさんが見《み》つかるまで、うちに泊《と》まってください。」

わたしは、そうさそったのだけど、モコさんは「人間《にんげん》は好《す》かん。」と言《い》って、夜《よる》はどこかにいってしまった。

むし暑《あつ》い一夜《いちや》がすぎて、次《つぎ》の日《ひ》。

わたしはいつもどおりに授業《じゅぎょう》を受《う》け、放課後《ほうかご》、絵理乃《えりの》ちゃんと帰《かえ》ってから、福神堂《ふくじんどう》でモコさんと合流《ごうりゅう》した。ハルナさんさがしのつづきだ。

ちなみに、チィちゃんは今日《きょう》もお留守番《るすばん》することになった。本当《ほんとう》は、ついてこようとしたんだけど、モコさんがイヤがったのだ。かわいそうだけど、しかたがない。

福神堂《ふくじんどう》を出発《しゅっぱつ》する前《まえ》、レイジさんに、モコさんとハルナさんが出会《であ》ったのは、六十年《ねん》くらい前《まえ》のことなのだと伝《つた》えておいた。「なにかわかりませんか？」と、聞《き》いてもみたんだけど、レイジさんは「そうですねー。」と、記憶《きおく》をたどりながら眠《ねむ》ってしまった。

まったく、もうもう！

だから、今日《きょう》も、モコさんと歩《ある》いて、ハルナさんをさがすしかなかった。

幸運《こううん》に頼《たよ》るしかないってことだ。

わたしは福《ふく》の神《かみ》の弟子《でし》だけど、そんなにうまくいくのかな？

セミの鳴《な》き声《ごえ》がふりそそぐなかを、のろのろと、あてもなく歩《ある》きまわる。

「今日《きょう》も暑《あつ》いですね。」

「暑《あつ》いニャ。太陽《たいよう》、はりきりすぎやろ。」

「ハルナさん、見《み》つかりませんね。」

「見《み》つからんニャ。」

こんなようなやりとりを、くりかえすばかりだった。

空気《くうき》がもわっとしている。

このまま歩《ある》きつづけて、意味《いみ》があるんだろうか？

ほかの方法《ほうほう》を、ちゃんと考《かんが》えたほうがいいんじゃないだろうか？

でも、ほかの方法《ほうほう》ってなに？

うーん、思《おも》いつかない。

歩《ある》きながら、そんなことを考《かんが》えていたら、まったく、べつのことが頭《あたま》にうかんだ。

ううん。本当《ほんとう》は、ずっと気《き》になっていたんだ。

昨日《きのう》、モコさんとわかれたあとも、お風呂《ふろ》のなかや、ベッドのなかで、もやもやしていた。

わたしが気《き》になっていること――。

それは、モコさんがのぞいたという、わたしの記憶《きおく》についてだ。

モコさんは、なにを見《み》たんだろう……。

「あの、モコさん。」

でも、モコさんに呼《よ》びかけたら、なんだか聞《き》くのがこわくなってしまって、かわりに、ほかのことをたずねていた。

「……ハルナさんと出会《であ》ったとき、人間《にんげん》からかくれていたって言《い》ってましたけど、なにしたんですか？　魚屋《さかなや》さんから、お魚《さかな》をぬすんだとかですか？」

モコさんは鼻《はな》で笑《わら》う。

「人間《にんげん》どもから生気《せいき》をすっとった。」

「どういうことですか?」

「生気《せいき》っちゅーんは、生《い》きるチカラのことやニャ。それをうばわれると、人間《にんげん》はケガをしやすくなったり、病気《びょうき》にかかったりするんや。ま、魚《さかニャ》をぬすんだこともあるけどニャ。」

「え?」

それは、わたしが想像《そうぞう》していたよりも、本格的《ほんかくてき》に『わるい』ことだった。

「ニャんや、ビビったんか、福《ふく》の神《かみ》の弟子《でし》。」

「だって、そんな……。どうして……。」

「ゆーてるやニャいか。おれは、人間《にんげん》がキライやねん。」

「……なんで、そんなにキライなんですか?」

モコさんは、ふしぎそうな目《め》をして、わたしを見《み》あげる。

その目《め》は「あんたも人間《にんげん》がキライだと思《おも》っていた。」と、そう言《い》ってるみたいで、わたしの胸《むね》は、ぢくぢくと痛《いた》んだ。

「やかましいし、わがもの顔《がお》で、おれたちの暮《く》らす場所《ばしょ》をうばい、よごす。好《す》きにニャる理由《りゆう》が、いっこも思《おも》いうかばん。」

モコさんは、ぽてぽて歩《ある》きつづける。

「人間《にんげん》ニャんか大《だい》ッキライや。おれはニャ、戦争《せんそう》んとき、どうせニャら、人間《にんげん》どもが全滅《ぜんめつ》すればええのにと思《おも》うとった。人間《にんげん》がおらんようにニャれば、世界《せかい》は平和《へいわ》にニャるやニャいか。だから、戦争《せんそう》がおわって、おれはガッカリしたわ。こんニャに生《い》き残《のこ》ってもうたんかってニャ。」

ゴロゴロと、モコさんはノドを鳴《な》らした。

「しかも、またすぐに、ふえよった。だから、あっちこっちで、わるさをしてやった。生《せい》気《き》をすって、災《わざわ》いを起《お》こした。ほかにも、いろいろ、こわがらせたり、ぬすんだり、壊《こわ》したり。ええ気味《きみ》やった。」

モコさんの話《はなし》を聞《き》いていて、わたしは、とても悲《かな》しい気持《きも》ちになった。じょうずにできた折《お》り紙《がみ》を、目《め》の前《まえ》でにぎりつぶされたみたいな気分《きぶん》だった。

モコさんが言《い》っていることは、こわいことだ。よくないことだ。わかっている。ちゃんとわかっている。

でも、わたしのなかにある、なんだか黒《くろ》くて、どよどよした部分《ぶぶん》が、モコさんの言《い》っていること、ちょっとわかる、って思《おも》ってしまった。それが苦《くる》しかった。イヤだった。

わたしは胸《むね》をおさえて、その場《ば》で立《た》ちどまる。うまく息《いき》がすえない。

モコさんも、少《すこ》し進《すす》んだところで立《た》ちどまって、わたしをふりかえった。

「ニャんちゅー顔《かお》しとんねん、福《ふく》の神《かみ》の弟子《でし》。」

「モコさん、あの……わたし……。」

そのときだ。

「あれ？　東堂《とうどう》さん？」

名前《なまえ》を呼《よ》ばれて、わたしは顔《かお》をあげる。

「……永岡《ながおか》センパイ。」

そこに立《た》っていたのは、永岡宗也《ながおかそうや》センパイだった。

黒《くろ》い髪《かみ》はさらさらで、目《め》がやさしくカーブしている。整《ととの》った顔立《かおだ》ちをしていて、本人《ほんにん》は知《し》らないみたいだけど、女子《じょし》からすごく人気《にんき》があるのだ。

ピアノが好《す》きで、コンクールで賞《しょう》をとったこともあるという。

のっぺらぼう事件《じけん》のときに、わたしたちは知《し》りあった。

「めずらしいね。東堂《とうどう》さんと、こんなところで会《あ》うなんて。」

同《おな》じ小学校《しょうがっこう》に通《かよ》っているのだから学区《がっく》はいっしょだけど、たしかに、このあたりは、わたしの家《いえ》の近《ちか》くではない。

「あ、はい。ちょっと……。」

直前《ちょくぜん》までの、暗《くら》い気持《きも》ちを、心《こころ》のなかの箱《はこ》につめこんで、フタをする。

モコさんは、永岡《ながおか》センパイから逃《に》げるように、塀《へい》の上《うえ》に移動《いどう》していた。

人間《にんげん》がキライだから、永岡《ながおか》センパイのこともさけているんだ。

「あの、永岡《ながおか》センパイは、どうしてここに？」

「家《いえ》が近所《きんじょ》なんだ。学校《がっこう》の帰《かえ》り道《みち》だよ。」

そういえば、永岡《ながおか》センパイは黒《くろ》いランドセルを背負《せお》っている。

「東堂《とうどう》さんこそ――。」

言《い》いかけて、永岡《ながおか》センパイは、あごにこぶしを当《あ》てた。

「あ、ひょっとして、福《ふく》の神《かみ》のおしごと？」

考《かんが》えてみると、永岡《ながおか》センパイはわたしが福《ふく》の神《かみ》の弟子《でし》であることを、ゆいいつ知《し》っているひとなのだ。絵理乃《えりの》ちゃんは、わたしがふしぎなことにかかわっているところまでは、知《し》っているけど、絵理乃《えりの》ちゃんなりに、えんりょしているのか、くわしく聞《き》いてこない。

話《はな》したら、絵理乃《えりの》ちゃんは信《しん》じてくれるかな？

でも、なんて説明《せつめい》すればいいんだろう？

いやいや、いまは目《め》の前《まえ》の問題《もんだい》にむきあわねば。

「えーっと。はい、そっち関係《かんけい》で、ちょっとしらべてまして。」

「やっぱりね。」

永岡《ながおか》センパイはやわらかく笑《わら》う。

「答《こた》えられないなら、それでいいんだけど、なにをしらべてるのか聞《き》いても平気《へいき》？」

「ああ、はい。ひとをさがしてるんです。」

「ひとさがし？　それって、欠席《けっせき》してる男子《だんし》のこと？」

のっぺらぼう事件《じけん》のとき、わたしは、永岡《ながおか》センパイ（ムジナくん）に、そうたずねたのだ。そのことは、のっぺらぼうくん（永岡《ながおか》センパイ）にも報告《ほうこく》してある。つまり、永岡《ながおか》センパイのセリフは冗談《じょうだん》ってこと。

わたしは、ちょっとだけ笑《わら》った。ほんの少《すこ》し心《こころ》が軽《かる》くなる。

「いえ、ハルナさんっていう、おばあさんなんです。ただ、下《した》の名前《なまえ》しかわからなくて。」

じっさいのところ、六十年《ねん》も前《まえ》にこのあたりに住《す》んでいて、いまも暮《く》らしているという保証《ほしょう》なんかない。とっくに、ひっこしてしまったかもしれない。

「ハルナさん……。」

永岡《ながおか》センパイはつぶやく。

「え、あれ？　ご存《ぞん》じですか？」

「ああ、うん。いや、東堂《とうどう》さんがさがしている、そのひとは、下《した》の名前《なまえ》がハルナさんなんだよね？　だったら、ぼくの知《し》ってるハルナさんとはちがうかな。」

「どういうことですか？」

「うちの近《ちか》くに、ハルナさんって、おばあさんが住《す》んでたんだ。とても、お世話《せわ》になったんだけど、一年《ねん》くらい前《まえ》に、となりの町《まち》にひっこしてしまって。息子《むすこ》さん夫婦《ふうふ》といっしょに暮《く》らすんだって言《い》ってた。ただ、そのひと、榛名《はるな》トシ子《こ》さんっていうんだ。」

○　モコさんとハルナさん　○

「ハルナさんって、下《した》の名前《なまえ》じゃなかったんですかっ！」

「思《おも》いこみってのは、こわいニャ。」

女《おんな》のひとは結婚《けっこん》すると名字《みょうじ》がかわることが多《おお》い。わたしのお母《かあ》さんも「美澄《みすみ》」から「東堂《とう》」になった。それでいうなら、『榛名《はるな》トシ子《こ》さん』が、モコさんのさがしている『ハルナさん』だとはかぎらない。

でも、わたしは、福《ふく》の神《かみ》の弟子《でし》なのだ。ちょっとだけ運《うん》がいいのだ。

だったら、わたしたちがさがしていたハルナさんである可能性《かのうせい》は低《ひく》くない。

どうせ、ほかに手《て》がかりなんてないのだから、じっさいに会《あ》ってみたほうがいい。

わたしとモコさんは、地図《ちず》を頼《たよ》りに、ずんずん歩《ある》いていた。

永岡《ながおか》センパイ自身《じしん》は、ハルナさんの息子《むすこ》さん夫婦《ふうふ》の住所《じゅうしょ》を知《し》らなかった。

けれど、センパイのところに通《かよ》っているお手伝《てつだ》いさんなら知《し》っているかもしれない、ということで、一度《いちど》、おジャマさせてもらった。

永岡《ながおか》センパイのおうちは、大《おお》きくて、オシャレだった。美術館《びじゅつかん》みたいな感《かん》じ。

お手伝《てつだ》いさんは、赤木《あかぎ》さんという背《せ》の高《たか》い女《おんな》のひとで、わたしを見《み》て、「宗也《そうや》くんのガールフレンドね。かわいらしい。」と、言《い》った。

「ち、ちがうよ！」と、あわてる永岡《ながおか》センパイが、ちょっとおもしろかった。

センパイが、ハルナさんについてたずねると、赤木《あかぎ》さんは「もちろん、知《し》ってますとも。」と、答《こた》えた。

「うちの実家《じっか》が近《ちか》くでね。いま、地図《ちず》をかいてあげるから、待《ま》っててちょうだい。迷《まよ》うようなところじゃないから、すぐにわかるでしょう。」

永岡《ながおか》センパイのおうちを出《で》てから、だいたい、三十分《ぷん》くらいかかった。

さすがに、足《あし》が重《おも》たくなってくる。

日差《ひざ》しが傾《かたむ》いても、まだまだ暑《あつ》い。わたしは汗《あせ》をいっぱいかいた。

「このへんだと思《おも》うんですけど……あっ。」

一軒《けん》ずつ表札《ひょうさつ》を確認《かくにん》していたら、とつぜん、わたしの左手首《ひだりてくび》につけていたブレスレットが光《ひか》りだした。まわりにバレたらまずいと思《おも》って、あわててかくす。

でも、近《ちか》くにはだれもいなかったし、そもそも、ブレスレット自体《じたい》、ふつうのひとには見《み》えないんだった、と思《おも》いだした。

ブレスレットが反応《はんのう》したのは、キレイな白《しろ》いおうちだった。

表札《ひょうさつ》を見《み》ると、『榛名《はるな》』となっている。教《おし》えてもらったのと同《おな》じ漢字《かんじ》だ。

「モコさん、ここですよ、ここ。」

わたしは、足《あし》もとにいたモコさんを、ひょいとだきあげ、表札《ひょうさつ》が見《み》えるようにした。

「みたいやニャ。」

「チャイム、おしてみますか？」

「いや、必要《ひつよう》ニャい。」

「じゃあ、どうするんですか？」

「べつに、どうもせえへん。ハルニャの居場所《いばしょ》がわかれば、ええんや。どうせ、むこうは覚《おぼ》えとらんやろ。家《いえ》はわかった。あとは遠《とお》くからハルニャを確認《かくにん》すればーー。」

モコさんがそんなふうに言《い》っていると。

「あらあら、まあまあ、かわいらしいお客《きゃく》さま。」

とつぜん、うしろから声《こえ》がした。

わたしは、ドキリとして、ふりかえる。

ゆったりとしたワンピース姿《すがた》のおばあさんが立《た》っていた。短《みじか》めの髪《かみ》は、まっ白《しろ》だったけど、つやつやとかがやいている。

「うちに、なにか、ご用《よう》かしら？」

おばあさんは、やさしい声《こえ》で問《と》いかけてきた。モコさんがしゃべっていたところは、聞《き》かれなかったみたいなので、とりあえず安心《あんしん》する。

「あ、はい。えーっと。」

腕《うで》のなかのモコさんが、ずり落《お》ちてきて、わたしは、よいしょっと、かかえなおした。

「まあまあ、大《おお》きなニャーさんだこと。」

おばあさんは、モコさんのあごの下《した》を、ふしゃふしゃとなでた。

モコさんは、なにも言《い》わなかった。じっと、おばあさんを見《み》つめている。

「あの、はじめまして。わたしは、東堂《とうどう》ひびきといいます。」

「ひびきちゃんね。わたしは、榛名《はるな》トシ子《こ》というんですよ。」

このひとだ。

さっき、ブレスレットだって反応《はんのう》していたんだから、まちがいない。

「えっと、永岡宗也《ながおかそうや》センパイに聞《き》いて、ここまできました。」

「あらあら、そうなの？　宗也《そうや》くんのことは、覚《おぼ》えているわ。ピアノがじょうずで、いつもやさしい、宗也《そうや》くんでしょう？」

「はい、そうです。わたし、永岡《ながおか》センパイと同《おな》じ小学校《しょうがっこう》に通《かよ》っているんです。」

「まあまあ、それじゃあ、ずいぶん歩《ある》いてきたのね。足《あし》は痛《いた》くない？」

「だいじょうぶです。あの、わたし、ハルナさんをさがしていたんです。」

「あらあら、わたしを？」

「はい。じつは……。」

とちゅうまで言《い》いかけて、でも、そこで、わたしは言葉《ことば》を飲《の》みこんだ。だって、わたしが福《ふく》の神《かみ》の弟子《でし》で、ネコマタのモコさんに頼《たの》まれてきた、なんて言《い》えるわけがないもの。

言《い》っても、信《しん》じてもらえないだろう。

それに、モコさんはハルナさんの居場所《いばしょ》がわかれば、それでいいと言《い》っていた。

わたしがモコさんのことを話《はな》すのは、ただのおせっかいかもしれない。

どうしよう……。

「よければ、お茶《ちゃ》でもどうかしら？」

「え？　それは、でも、わるいですし……。」

わたしはモコさんを見《み》おろす。モコさんはまだ、じっとハルナさんを見《み》ていた。

「ぜんぜん、わるくないわよ。わたしは、おばあちゃんだから、立《た》っているより、すわっているほうが楽《らく》ちんなの。」

「あ、その、気《き》づかなくて、ごめんなさい。」

「あらあら、あやまる必要《ひつよう》なんてないわ。」

ハルナさんは、やさしく目《め》を細《ほそ》めて、しわしわの手《て》で、わたしのほっぺをふにってつまんだ。ハルナさんの手《て》は、ひやっとしていて、とても気持《きも》ちがよかった。

「そうね。お庭《にわ》にテーブルとイスがあるから、そこで、ちょっとお話《はな》ししましょう。ひびきちゃんが、わたしをさがしていた理由《りゆう》、気《き》になるもの。聞《き》かせてくれない？」


ハルナさんに案内《あんない》されて、わたしたちは庭《にわ》に入《はい》る。

植《う》えられている木々《きぎ》の葉《は》は濃《こ》い緑色《みどりいろ》をしていて、花《はな》もたくさん咲《さ》いていた。

そんなかに、アンティーク調《ちょう》のガーデンテーブルとイスが置《お》いてある。

すごく広《ひろ》いお庭《にわ》ってわけではないのだけれど、きゅうくつには感《かん》じない。

海外《かいがい》の絵本《えほん》からぬけ出《で》てきたような、ステキな場所《ばしょ》だ。

ハルナさんは「すわって待《ま》っていてね。」と言《い》ってから、おうちのなかに入《はい》っていった。

わたしは、イスに腰《こし》かけ、ひざにのせたモコさんにたずねる。

「どうしましょう、モコさん？」

でも、モコさんは答《こた》えなかった。なにかを考《かんが》えるように、じっとしている。

「……どうかしたんですか、モコさん？」

モコさんのもっちりお腹《なか》を、ぷにぷにつついてみたけど、反応《はんのう》はなかった。

「ごめんね、ひびきちゃん。こんなものしかなかったわ。」

ハルナさんが、冷《つめ》たい麦茶《むぎちゃ》と、クッキーを持《も》って、もどってきた。

「いえ、ありがとうございます。」

「えんりょしないで、食《た》べてね。」

「はい。いただきます。」

わたしはグラスを両手《りょうて》で持《も》って、冷《つめ》たい麦茶《むぎちゃ》を、くぴりと飲《の》む。

ハルナさんは、わたしの正面《しょうめん》にゆっくりとすわった。

「それで、ひびきちゃんは、どうして、わたしをさがしていたのかしら?」

わたしは、モコさんに目《め》をやった。モコさんはじっとしている。

ハルナさんはにこにこして、わたしの答《こた》えを待《ま》っていた。

「えっと、それは……。」

どうしよう。なんて話《はな》せばいいんだろう……。

うまい言葉《ことば》が見《み》つからずに、わたしがもごもごしていると。

「おれが、あんたをさがしてほしいて、この子《こ》に頼《たの》んだんや。」

とつぜん、モコさんが声《こえ》を出《だ》した。

「うわあああっ！」

わたしは、あわてて、モコさんの口《くち》をおさえる。

「あらあら、まあまあ、いま、ニャーさんがしゃべったわ。」

「えっと、いまのは、わたしが言《い》ったんです。腹話術《ふくわじゅつ》です。」

ひっしにごまかす、わたし。

でも、モコさんはわたしの手《て》から、するりとぬけて、芝生《しばふ》におりたった。

ぽてぽて歩《ある》いて、ハルナさんの足《あし》もとに移動《いどう》する。

「おれの名前《ニャまえ》は、モコや。」

「まあまあまあ。」

ハルナさんは、目《め》をぱちくりさせてから、モコさんをだきあげた。

「モコさん。かわいいお名前《なまえ》ね。いま、あなたが、おしゃべりしたのよね？」

「せや。」

モコさんは、ハルナさんのひざの上《うえ》にすわる。

「しゃべるニャーさんなんて、わたし、はじめてだわ。それも、かわいい関西弁《かんさいべん》。」

「ただのネコやニャいで。おれは二百年生《ねんい》きたネコマタや。あんたより、年上《としうえ》やぞ。」

「あらあら。そういえば、しっぽが二本《ほん》あるわ。かわいい。」

わたしは、どうしていいのかわからなくて、とにかく、ふたりを見守《みまも》っていた。ハルナさんは、しぜんにモコさんを受《う》けいれている。

「それで、モコさんは、どうして、わたしをさがしていたのかしら？」

モコさんは、少《すこ》し口《くち》をとざしてから答《こた》えた。

「六十年《ねん》ほど前《まえ》、ケガしとったとこを、あんたに助《たす》けてもろた。覚《おぼ》えてへんか？」

モコさんがたずねると、ハルナさんは、目《め》を見《み》ひらき、手《て》をぱふんとうつ。

「まあまあ、やっぱり、そうなのね！　最初《さいしょ》に見《み》たときに、もしかしたらって思《おも》ったの。モコさんは、あのときのニャーさんなのね。」

ハルナさんは、くしゃっと、ほほ笑《え》む。

「よく覚《おぼ》えているわ。わたしが近《ちか》づくと、ふーって鳴《な》いて、手《て》をひっかいたんですもの。あれは痛《いた》かったわ。」

「そら、すまんかったニャ。」

「うふふ、元気《げんき》になったのね。こんなにもふもふ。」

ハルナさんは、宝物《たからもの》にさわるみたいに、モコさんをなでる。

「わたしに会《あ》いにきてくれたなんて、うれしいわ。ずっと会《あ》いたかったの。」

モコさんはハルナさんの手《て》をはらいのけたりはせず、おとなしくしていた。しばらくしてから、ぽつりと言《い》う。

「ケガをしたアヤカシが、すぐ傷《きず》をニャおす方法《ほうほう》を知《し》っとるか?」

「いいえ。」

ハルナさんは、首《くび》を横《よこ》にふった。白《しろ》い髪《かみ》が、ふわふわゆれる。

「かんたんや。ひとを食《く》えばええねん。」

あ、と思《おも》った。

レイジさんが言《い》っていた。ネコマタは、ひとを食《た》べるんだって。

それに対《たい》して、モコさんはこう答《こた》えた。

——安心《あんしん》せえ。おれは、ひとは食《く》わへん。おれの好物《こうぶつ》はたこ焼《や》きや。

「あんときは、カモがネギしょってきよったと思《おも》うた。おれは、人間《にんげん》ニャんて大《だい》キライやったから、食《く》ってまおうと思《おも》うたんや。それで、傷《きず》もすぐニャおる。」

「あらあら、まあまあ、そうだったの？」

命《いのち》があぶなかったのだとわかっても、ハルナさんは、おだやかなままだった。

「でも、わたしは食《た》べられなかったわ。」

「ニャんども、食《く》ってやろうと思《おも》うた。でも、おれのケガは、けっこうひどくて、すぐには食《く》える体力《たいりょく》がニャかったんや。だから、チャンスをうかがっとった。もう少《すこ》し回復《かいふく》してから、あんたを食《く》えばええと思《おも》っとった。あんたは、毎日《まいにち》、あの空《あ》き地《ち》に、きとったからニャ。いつでも、食《く》えるはずやった。マヌケめ、と思《おも》うとった。」

モコさんはつづける。

「ニャんも知《し》らんで、あんたは、おれにいろんニャ話《はニャし》を聞《き》かせた。家《いえ》の手伝《てつだ》いをして、オフクロさんにほめられて、うれしかったとか、オヤジさんが戦争《せんそう》にいって、帰《かえ》ってこんかったとか、いろいろや。」

「そうねえ。そうだったわねえ。」

ハルナさんは、やわらかく相《あい》づちをうつ。

「あんたは、ニャんも知《し》らんで、おれのことだきあげて、笑《わら》ったり、泣《ニャ》いたり、鼻水《はニャみず》たらして、おれの背中《せニャか》でふいたりしとった。」

「あらあら、ごめんなさい。それはわすれちゃったわ。」

「あんたは話《はニャし》がヘタやった。順番《じゅんばん》がおかしいんや。最後《さいご》まで聞《き》かんと、ニャんの話《はニャし》してんのか、わからへん。せやから、いっつも、おしまいまで聞《き》いてまう。長話《ニャがばニャし》につきあわされる身《み》にもニャってみ？　食《く》う気《き》もうせるわ。まあええ、次《つぎ》の機会《きかい》にしとこ、思《おも》うとった。せやけど、また、おんニャし手《て》にかかってまうねん。ぜんぜん食《く》うひまが、あらへんかった。気《き》づいたらケガもニャおって、わざわざ食《く》う必要《ひつよう》もニャくニャってもうた。」

「まあまあ、わたしは命《いのち》びろいしたのね。」

モコさんは、ふんっ、と鼻《はな》を鳴《な》らす。

ハルナさんは、うふふ、と笑《わら》って、モコさんをなでる。

それは、とてもしずかな時間《じかん》だった。ふしぎと夏《なつ》の暑《あつ》さもやわらいでいて、やさしくて、なぜだか、ちょっとだけ悲《かな》しい、そんなような時間《じかん》だった。

「ありがとう、モコさん。あのころ、わたしの話《はなし》を聞《き》いてくれたのは、モコさんだけよ。」

ハルナさんが言《い》った。

「……礼《れい》を言《い》いにきたんは、こっちや。」

ふてくされたように、モコさんが答《こた》える。

ハルナさんは、モコさんをそっとだきあげて、目《め》を合《あ》わせた。

「でもね、わたしは伝《つた》えたいのよ。ありがとう。モコさんのおかげでね、こうして、おばあちゃんになるまで、どうにかこうにか生《い》きてこられたの。だから、ありがとう。」

「大《おお》げさやニャ。」

モコさんは、ぷいっとそっぽをむいた。二本《ほん》のしっぽをぷらぷらさせる。

ハルナさんは、おだやかにほほ笑《え》んだまま、こんどはわたしを見《み》た。

「ひびきちゃん。」

「あ、はい。」

「わたしとモコさんを再会《さいかい》させてくれて、本当《ほんとう》にありがとう。」

ハルナさんに頭《あたま》をさげられ、わたしはあわてて、顔《かお》の前《まえ》で両手《りょうて》をふった。

「いえ、わたしは、ほとんど、なにもしてませんから。」

「そんなことないわ。ひびきちゃんのおかげよ。」

ハルナさんが、しわしわの手《て》で、わたしの頭《あたま》をなでてくれた。

わたしは、ちょっとはずかしくなる。

ふしぎな手《て》だ。朱音《あかね》さんの手《て》とも、レイジさんの手《て》ともちがう。

ひやりと冷《つめ》たくて、清《きよ》らかな水《みず》みたいな感《かん》じがした。

「ふふ、ひびきちゃんは、きっと天使《てんし》さまね。」

ハルナさんが、にっこりと笑《わら》った。

「わたしは、ちがいますよ。」

天使《てんし》なら、チィちゃんがいるもの。

「じつは、わたし、福《ふく》の神《かみ》の弟子《でし》なんです。」

○ ほろほろ涙《なみだ》 ○

「——というわけです、レイジさん。」

ハルナさんに見送《みおく》られ、わたしとモコさんは、福神堂《ふくじんどう》にもどった。

なかなか暗《くら》くならず、まだ、空《そら》はオレンジ色《いろ》だった。

レイジさんは、レジの横《よこ》に腰《こし》かけて、すぴすぴと眠《ねむ》っているチィちゃんに、ひざを貸《か》している。チィちゃんは、わたしが背中《せなか》の羽《はね》を、ちょいっとひっぱると、眠《ねむ》ったまま「くふふ。」と笑《わら》った。

わたしは、レイジさんのとなりにすわって、今日《きょう》あったことを報告《ほうこく》した。

そのあいだ、モコさんは口《くち》をはさまずに、ぐるぐる、同《おな》じところを歩《ある》きまわっていた。

「なるほどー。」

わたしの話《はなし》を聞《き》きおわったレイジさんは、笑顔《えがお》のまま腕組《うでぐ》みをした。

「ひびきさんは、榛名《はるな》トシ子《こ》さんと、お会《あ》いできたのですね？」

「はい。モコさんのさがしていた『ハルナさん』は、下《した》の名前《なまえ》じゃなくて、名字《みょうじ》だったんですよ。」

「そうですか。」

レイジさんは、笑《わら》っているのに、その目《め》に、どこか、せつない色《いろ》をうかべる。

「あの……。わたしが、福《ふく》の神《かみ》の弟子《でし》だって、ハルナさんに言《い》ってしまったのは、まずかったでしょうか？」

もしかしたら、レイジさんは、そのことを怒《おこ》っているのかもしれないと思《おも》った。

わたしは、両手《りょうて》をにぎりしめて、スニーカーの先《さき》っぽを見《み》つめる。

「それは、だいじょうぶですよ。」

レイジさんのあたたかい手《て》がわたしの頭《あたま》にのせられた。

わたしは、レイジさんを見《み》あげる。

レイジさんは、モコさんに目《め》をむけていた。

「どうでしょうか、モコさん。ひびきさんに、お話《はな》ししてもかまいませんか？　ひびきさんなら、きちんと受《う》けいれられると思《おも》うんです。」

ぽてぽて歩《ある》きまわっていたモコさんは、足《あし》をとめ、レイジさんをふりかえる。

「え、なんのことですか？」

わたしは、わけがわからずに、ふたりを見《み》くらべた。

モコさんは、もふん、と大《おお》きく鼻《はな》を鳴《な》らすと、段差《だんさ》をジャンプして、わたしの横《よこ》にすわる。

「ニャんも気《き》づいてへんかったんかい、福《ふく》の神《かみ》の弟子《でし》。」

「気《き》づいてなかったって、なんのことですか？」

「さっき、会《お》うた、あいつ、生《い》きてる人間《にんげん》やニャかった。」

「え？」

一瞬《いっしゅん》、モコさんがなにを言《い》っているのか、わたしは理解《りかい》できなかった。

「人間《にんげん》は弱《よわ》っちいニャ。これやから好《す》かん。」

ふいに、ハルナさんの冷《つめ》たくて気持《きも》ちいい手《て》を思《おも》いだした。

「……どういうことですか、それ？　ハルナさん、ユーレイだったたってことですか？」

「かんたんに言《い》えば、そういうことやニャ。」

「ウ、ウソです。だって、そんな、わたしの頭《あたま》をなでてくれて、飲《の》みものとかお菓子《かし》を、ごちそうしてくれて、それから、ありがとうって言《い》ってくれて……。」

でも、そこで、わたしは思《おも》いだす。

——あらあら。そういえば、しっぽが二本《ほん》あるわ。かわいい。

ハルナさんには、モコさんのしっぽが二本《ほん》に見《み》えていた。ふつうのひとには、一本《ぽん》しか見《み》えないはずなのに。

それは、つまり、ハルナさんがふつうのひとではなかったということで……。

わたしは、レイジさんを見《み》あげる。

「残念《ざんねん》ながら、榛名《はるな》トシ子《こ》さんは、すでに、お亡《な》くなりになっているんです。」

心臓《しんぞう》が、どくん、と大《おお》きく音《おと》を立《た》てる。

「……レイジさんは、最初《さいしょ》から知《し》っていたんですか？」

「いいえ。でも、『ハルナさん』が六十年前《ねんまえ》に小学《しょうがく》五年生《ねんせい》くらいの女《おんな》の子《こ》だったと聞《き》いて、しらべてみたんです。すると、『榛名《はるな》トシ子《こ》さん』という方《かた》が、二日前《ふつかまえ》にお亡《な》くなりになっていたことがわかりました。永岡《ながおか》くんのおうちに通《かよ》っているお手伝《てつだ》いさんは、まだ、そのことを知《し》らなかったのでしょうね。知《し》っていたら、地図《ちず》をかく前《まえ》に、ひびきさんにお伝《つた》えしたでしょうから。」

わたしは、どこからやってくるのか、わからなかったけれど、みょうにくやしい気分《きぶん》になった。服《ふく》の裾《すそ》をにぎりしめる。

「服《ふく》、のびてまうで。」

「わたし、ぜんぜん気《き》づかなくて……。」

「あんたが気《き》にすることやニャいで、福《ふく》の神《かみ》の弟子《でし》。」

「でも……。」

「どうやら、おれはハルニャの霊《れい》に呼《よ》ばれとったみたいやニャ。ずっと、おれのことを覚《おぼ》えてたとも思《おも》えんし、死《し》ぬまぎわにでも思《おも》いだしたんやろ。むかし、手当《てあ》てしてやったネコは、あのあと、ちゃんと生《い》き延《の》びたんかニャって。」

ハッ、とモコさんは笑《わら》う。

「そんニャことで、未練残《みれんのこ》して、この世《よ》にとどまるニャんて、人間《にんげん》の考《かんが》えることは、ホンマわからん。アホやで。」

「たかが、ケガしたネコ一ぴき、どうでもええやニャいか。どこで、くたばろうが、人間《にんげん》は、そんニャん気《き》にせんもんやろ。ハルニャはアホやで。」

そんなふうにハルナさんをわるく言《い》いながら、モコさんの目《め》から、ほろほろ、ほろほろ、涙《なみだ》がこぼれていく。

「そんニャに、心配《しんぱい》やったんかニャ。おれは、あいつのことニャんて、ずっとわすれとったのに……。ハルニャは、おれニャんかを待《ま》っとったんか。あの家《いえ》には、ハルニャの家族《かぞく》もおるのに、でも、だれにも見《み》えとらんで、ひとりぼっちで……アホやで、ホンマに。」

モコさんは、ほろほろと泣《な》きながら、下《した》をむく。

床《ゆか》に、ぽたん、ぽたんと、モコさんの涙《なみだ》が落《お》ちていった。

「……あいつは、成仏《じょうぶつ》、できたやろか？　ハルニャのやつ、むかしは泣《な》きむしで、さびしがりやったねん。もう、さびしくニャいとええニャ。」

モコさんは、人間《にんげん》がキライだと言《い》った。その言葉《ことば》は、ウソではないのだと思《おも》う。

でも、キライになりきれなかった。

「モコさん……。」

きっと、六十年前《ねんまえ》にハルナさんと出会《であ》ったからだ。

モコさんは人間《にんげん》なんか全滅《ぜんめつ》すればいいと言《い》ったけど、いま、ハルナさんのことで、泣《な》いている。ハルナさんを、本当《ほんとう》に、たいせつに思《おも》っているから。

涙《なみだ》をこぼすモコさんを見《み》ているうちに、胸《むね》の内側《うちがわ》をひっかかれているような気分《きぶん》になって、わたしは、とっさにモコさんをだきしめていた。

「ニャ、ニャにすんねん。はニャせや。」

涙声《なみだごえ》で、モコさんがこうぎする。短《みじか》い足《あし》をばたばたさせた。

モコさんの二本《ほん》のしっぽも、くにゃくにゃ、あばれて、わたしの顔《かお》に当《あ》たる。

「わたし、福《ふく》の神《かみ》の弟子《でし》ですから。」

「知《し》っとるわ。はニャせっちゅーねん。」

「はなしません。モコさんの涙《なみだ》がとまるまでは、はなしません。」

「ニャ、ニャにを――。」

「モコさんの力《ちから》になりたくて。」

「そんニャんいらんわ。」

「ハルナさん、モコさんにありがとうって言《い》ってました。きっと、それを伝《つた》えたくて、モコさんを呼《よ》んでいたんです。それは、未練《みれん》だとか、マイナスの気持《きも》ちじゃなくて、そういうのじゃないはずで、もっと……。」

わたしは、うまく言葉《ことば》を見《み》つけられなかった。たくさん、本《ほん》を読《よ》んでいるのに。伝《つた》えたい言葉《ことば》を見《み》つけることは、いつだってむずかしい。

「成仏《じょうぶつ》とか、わたし、わからないですけど、ハルナさんは、モコさんとすごした日々《ひび》をたいせつに思《おも》っていたはずです。ハルナさんは、モコさんが、大《だい》、好《す》きで、だから……。」

「鼻水《はニャみず》、出《で》とるで。」

いつのまにか、モコさんは泣《な》きやんでいて、むしろ、わたしのほうが泣《な》いていた。

わたしは、モコさんの背中《せなか》に顔《かお》をおしつける。ずびずび。

「うわっ、ニャにすんねん！」

わたしのなかにも、暗《くら》くて、どよどよした感情《かんじょう》がある。

だから、モコさんが人間《にんげん》をキライって言《い》ったとき、ちょっとわかると思《おも》ってしまった。

そんなじぶんが、こわかった。わたし、イヤな子《こ》だ、って思《おも》った。

だけど――。

わたしのなかにあるのは、わるい気持《きも》ちだけじゃないはずだ。

モコさんと、ハルナさんが出会《であ》えたように、わたしも、いろいろなひとに会《あ》って、少《すこ》しずつかわっていってる。かわっていける。

「モコさん。」

わたしは、モコさんの背中《せなか》に顔《かお》をうずめたまま言《い》った。

「うちにきませんか？　朱音《あかね》さんに、お願《ねが》いすれば、だいじょうぶだと思《おも》います。だから、いっしょに――。」

モコさんは「はんっ！」と声《こえ》をあげると、わたしの腕《うで》をすりぬけ、床《ゆか》におりた。

「アホか。おれは二百年《ねん》生《い》きたネコマタやぞ。だれにも飼《か》われへんのや。」

「でも……。」

「ゆーてるやろ。おれは、人間《にんげん》ニャんか大《だい》キライやねん。」

わたしは、手《て》で涙《なみだ》をふいて、ぐっと、お腹《なか》に力《ちから》を入《い》れた。

「だったら、友《とも》だち！」

わたしの大声《おおごえ》に、眠《ねむ》っていたはずのチィちゃんが「宇宙人《うちゅうじん》がせめてきたのっ！」と、とび起《お》きた。「だいじょうぶですよー。」とレイジさんが、チィちゃんのお腹《なか》を、ぽんぽん、たたいている。

ごめん、チィちゃん、と心《こころ》のなかであやまりつつ、わたしはモコさんの前《まえ》にしゃがむ。

手《て》をさしだした。握手《あくしゅ》だ。

「モコさん、わたしの友《とも》だちになってください。」

「おれの友《とも》だちニャんて、三十六年《ねん》はやいわ。」

ぷっくり肉球《にくきゅう》が、わたしの手《て》を、ぺしょん、とたたいた。

それは、ちっとも痛《いた》くなくて、最初《さいしょ》からずっとそうで、モコさんはとてもやさしいネコマタなんだな、と、わたしは思《おも》った。

「なんです、その、ヘンに具体的《ぐたいてき》な数字《すうじ》。」

モコさんは、二本《ほん》のしっぽをゆらしながら、わたしに背《せ》をむける。

「世話《せわ》んニャったニャ、福《ふく》の神《かみ》と、その弟子《でし》。」

「あ、モコさん！　待《ま》ってください。」

モコさんは、立《た》ちどまらずに、ぽてぽてとガラス戸《ど》のほうへ歩《ある》いていった。

でも、一度《ど》だけ、ちょろりと、こっちをふりむく。

「ほニャ、また。」

言《い》って、器用《きよう》にガラス戸《ど》をあけると、外《そと》へ出《で》ていく。

チリン、チリン、と鈴《すず》が鳴《な》って、モコさんは見《み》えなくなる。

わたしは、しばらく、ぼんやりしていた。モコさんにたたかれたところを、そっとなでる。ちょっと、かゆい。涙《なみだ》がかわいて、ほおがぱりぱりしていた。

「モコさん、またって言《い》ってくれました。」

「そうですね。」

にっこりと笑《わら》いながら、レイジさんはうなずく。

またってことは、会《あ》えるんだ。そう思《おも》ったら、胸《むね》が熱《あつ》くなった。

そうだ。わたしとモコさんは、いっしょに苦労《くろう》して、ハルナさんをさがしたんだから。

わざわざ、確認《かくにん》する必要《ひつよう》なんてなかった。

だって、わたしたちはもう——。

第《だい》2話《わ》

貧乏神《びんぼうがみ》は恋《こい》してるっ！

○ 待望《たいぼう》の夏休《なつやす》み ○

「それでは、みなさん。また、九月《がつ》に会《あ》いましょう。かいさーんっ。」

担任《たんにん》の中山先生《なかやませんせい》が、ぱちん、と手《て》をうつと、あちこちから「わー。」と声《こえ》があがった。

今日《きょう》で学校《がっこう》はおしまい。明日《あした》から夏休《なつやす》み編《へん》がはじまるのだ。

「ねえねえ、東堂《とうどう》ひびき。もう帰《かえ》る？」

ばっちりキラキラの絵理乃《えりの》ちゃんが、わたしのところへやってきた。目《め》はわるくないのに、今日《きょう》の絵理乃《えりの》ちゃんは赤《あか》いフレームのオシャレメガネをかけている。

「図書室《としょしつ》、寄《よ》ってくつもり。夏休《なつやす》みに読《よ》む本《ほん》を借《か》りたいから。」

「あ、じゃあ、あたしも、いくいく。」

「いいの？」

絵理乃《えりの》ちゃんは、じつは文学少女《ぶんがくしょうじょ》だ。亡《な》くなったお父《とう》さんが、小説家《しょうせつか》を目指《めざ》していて、その影響《えいきょう》で、絵理乃《えりの》ちゃんも読書《どくしょ》が好《す》きなのだ。わたしの大好《だいす》きな『ポビーとディンガン』だって読《よ》んでいる。

でも、絵理乃《えりの》ちゃんは、クラスでは本《ほん》が好《す》きなことをかくしていた。

キャラじゃないから、なんだって。

だから、いっしょに図書室《としょしつ》にいったりするのは、イヤなんじゃないかな、と思《おも》った。

これまでも、ひそかに本《ほん》の貸《か》し借《か》りくらいはしていたけど、いっしょに図書室《としょしつ》にいったことはなかった。

わたしは、お昼休《ひるやす》みに図書室《としょしつ》にいったりするけど、絵理乃《えりの》ちゃんは、キラキラチームの女《おんな》の子《こ》たちと、よくおしゃべりしていて、そういうときは別行動《べっこうどう》をしている。

わたしたちは、友《とも》だちだけど、だからって、いっつも、いっしょにいないといけないわけじゃない。

それでも、絵理乃《えりの》ちゃんは、わたしがピンチのときには、かけつけてくれたし、わたしも絵理乃《えりの》ちゃんがこまってたら、ぜったい助《たす》けにいくのだ。

それでいい。そこがいい。

「もちろん、いいに決《き》まってるよ。あたしは、東堂《とうどう》ひびきを、ソンケーしてるからね。」

「なにそれ？」

「東堂《とうどう》ひびきは、堂々《どうどう》としていて、かっこいい。なにを言《い》われてもびくともしない。あたしも見習《みなら》うんだ。」

「ふーん。」

「リアクションうすっ！　こんなに、ほめてるのにっ！」

「そんなこと言《い》われても……。それじゃ図書室《としょしつ》いこうか。こむと、やだし。」

わたしは、ランドセルと、防災頭巾《ぼうさいずきん》をつめた手提《てさ》げかばんを持《も》ち、急《いそ》いで席《せき》を立《た》った。

「あ、待《ま》ってよ、東堂《とうどう》ひびき。」

絵理乃《えりの》ちゃんに呼《よ》ばれたけど、わたしはちょっとうつむきながら、きびきび歩《ある》く。

だって、本当《ほんとう》はちょっと照《て》れていたんだもの。

顔《かお》を見《み》られたら、はずかしい。

図書室《としょしつ》は、思《おも》っていたほどには、こんでいなかった。まあ、そんなものか。

わたしと絵理乃《えりの》ちゃんは、べつべつに棚《たな》を見《み》てまわった。借《か》りる本《ほん》を決《き》めてから、カウンターにならぶ。ここだけ、ちょっと列《れつ》ができている。

「東堂《とうどう》ひびきは、なに借《か》りるの？」

うしろにつづいた絵理乃《えりの》ちゃんが、わたしの手《て》もとをのぞきこんできた。

「『ＡＢＣ《エービーシー》殺人事件《さつじんじけん》』。」

アガサ・クリスティが書《か》いた、名探偵《めいたんてい》エルキュール・ポワロが活躍《かつやく》するミステリー小説《しょうせつ》だ。これは子《こ》ども向《む》けのやつ。このあいだ、同《おな》じポワロのシリーズで、『オリエント急行《きゅうこう》殺人事件《さつじんじけん》』を読《よ》んだので、こんどは、こっちに挑戦《ちょうせん》しようと思《おも》っていた。

ポワロの口《くち》ぐせは「灰色《はいいろ》の脳細胞《のうさいぼう》」だ。それって、どういう意味《いみ》なのかわからなかったから、朱音《あかね》さんに聞《き》いてみたことがある。

「あー、人間《にんげん》の脳《のう》みそには、大脳皮質《だいのうひしつ》っていう灰白質《かいはくしつ》の層《そう》があるんだ。灰白質《かいはくしつ》ってのは神《しん》経細胞《けいさいぼう》が集《あつ》まってる場所《ばしょ》らしくて、英語《えいご》でグレー・マターっていうんだけど、そっからとったんじゃないかな。『灰色《はいいろ》の脳細胞《のうさいぼう》』は、原文《げんぶん》だと『グレー・セルズ』とか、『リトル・グレー・セルズ』とかっって、まあ、ようするに、ポワロは『頭《あたま》をつかう』とか、『洞察力《どうさつりょく》』みたいな意味《いみ》で言《い》ったんだろ、たぶん。医者《いしゃ》じゃないから、あんま知《し》らんけど。」

だそうだ。むずかしいな……。

「あ、ポワロだね、ポワロ。なんか、チョコっぽい名前《なまえ》だよね。」

絵理乃《えりの》ちゃんは、上《うわ》ばきで床《ゆか》をきゅっと鳴《な》らした。

「ホームズは読《よ》んだんだけどなー。ポワロは読《よ》んでないや。おもしろい？」

「うん。」

「ホームズは、イケメンっぽいんだけどなー。ポワロは、ひげのおじさんだしなー。」

「ポワロ、かわいいよ？」

「ひげのおじさんが？」

「うん。」

「……東堂《とうどう》ひびきの感覚《かんかく》についていけない。」

「絵理乃《えりの》ちゃんこそ、なに借《か》りるの？」

「よくぞ、聞《き》いてくれました。今年《ことし》はこいつを攻略《こうりゃく》してやるんだぜ。」

男《おとこ》の子《こ》みたいな口調《くちょう》で言《い》って、絵理乃《えりの》ちゃんがわたしに見《み》せつけたのは、宮沢賢治《みやざわけんじ》の童《どう》話集《わしゅう》だった。宮沢賢治《みやざわけんじ》といえば『銀河鉄道《ぎんがてつどう》の夜《よる》』が有名《ゆうめい》だけど、わたしは『よだかの星《ほし》』

と『黄《き》いろのトマト』が好《す》きで、それぞれが入《はい》っている本《ほん》を絵理乃《えりの》ちゃんに貸《か》したことがある。

「宮沢賢治《みやざわけんじ》の本《ほん》、気《き》にいってくれたんだ？」

「うん。お話《はなし》もいいし、出《で》てくる音《おと》がかわいくて好《す》き。」

「あ、わかる。」

宮沢賢治《みやざわけんじ》の作品《さくひん》は、ふしぎな音《おと》がたくさん出《で》てくる。

そういう音《おと》のことを、専門用語《せんもんようご》で「オノマトペ」っていうらしい。

「クラムボンはかぷかぷわらったよ。」「クラムボンはかぷかぷわらったよ。」

わたしたちの声《こえ》が重《かさ》なった。これは『やまなし』に出《で》てくるセリフだ。

どうじに言《い》ったのがおもしろくて、わたしたちは笑《わら》いだしてしまう。

でも、図書室《としょしつ》だったので、あわてて、たがいの口《くち》をふさぎあった。

落《お》ちついてから、そっと手《て》をはなし、絵理乃《えりの》ちゃんは声《こえ》を小《ちい》さくする。

「宮沢賢治《みやざわけんじ》の作品《さくひん》は、ちょっとむずかしいから、今《いま》までさけてたんだけど、あたしも、もうレベル10だし、ちゃんと読《よ》んでみようと思《おも》って。」

「レベル10ってなに?」

「十歳《さい》だから。」

「ああ、なるほど。」

「来月《らいげつ》でレベル11だけどねっ。」

「あ、お誕生日《たんじょうび》、八月《がつ》なんだね。おめでとう。」

「八月六日《がつむいか》なんだ!」

「うん。ちょっとはやいけど、おめでとう。」

「…………」

絵理乃《えりの》ちゃんは、じっとりした目《め》で、わたしを見《み》つめる。

「えっと、なに?」

「……べつに。ちなみに、東堂《とうどう》ひびきの誕生日《たんじょうび》はいつ?」

「四月《がつ》。もう、終《お》わっちゃった。」

朱音《あかね》さんが、手《て》づくりのケーキを焼《や》いてくれた。「ぜーんぶ、ひとりで食《た》べてもいいぞ。」って言《い》ってくれたから、まんなかに、ぐさっとフォークをつきさして食《た》べた。一回《いっかい》やってみたかったのだ。プレゼントには、図書《としょ》カードと、かわいいスニーカーをもらった。お母《かあ》さんとお父《とう》さんからも電話《でんわ》があったし。いい思《おも》い出《で》だ。

「ふーん、そっか。ふーん。ふーん。」

「どうかしたの？　なんかヘンだよ？」

「なんでもない。」

そのうちに、わたしたちの番《ばん》がまわってきた。

葵野小学校《あおいのしょうがっこう》では、一度《いちど》に二冊《さつ》まで本《ほん》を借《か》りられる。ひとりひとりに、貸出《かしだし》カードというものがわたされていて、係《かかり》のひとに、借《か》りたい本《ほん》と、そのカードをわたすと、とくべつな機械《きかい》でバーコードを読《よ》みとり、「だれが、なにを、いつ」借《か》りたのかが記録《きろく》されるシステムになっていた。

この、バーコードを読《よ》みとる「ピッ。」てやつが、なんともいえず、よいのだ。

春《はる》に、学級委員《がっきゅういいん》とか飼育係《しいくがかり》とか美化係《びかがかり》とかを決《き》めるときに、わたしは人気《にんき》のなさそうな図書係《としょがかり》になるつもりだった。前《まえ》の学校《がっこう》でもそうだったたし。

なのに、葵野小学校《あおいのしょうがっこう》では、図書係《としょがかり》はすごく人気《にんき》があった。

中山先生《なかやませんせい》が「やりたいひとー。」って聞《き》いたら、たくさんの子《こ》が手《て》をあげていた。

じゃんけんで決《き》めていたほどだ。

そんなにいるなら、べつにいいや、と思《おも》って、わたしは手《て》をあげなかった。

あんなに人気《にんき》があったのは、この機械《きかい》のせいだ。

読書《どくしょ》が好《す》きかどうかは、あんまり関係《かんけい》ない。

みんな、「ピッ。」て、やりたいのだ。

わたしだって、やりたい。


とりあえず、手続《てつづ》きをすませて、わたしたちは学校《がっこう》をあとにした。

キレイな青色《あおいろ》の空《そら》が広《ひろ》がっている。

セミが「こんなに暑《あつ》いなんて聞《き》いてない。」と、文句《もんく》を言《い》うみたいに鳴《な》いていて、あたりには、もったりとした空気《くうき》がただよっていた。

絵理乃《えりの》ちゃんとわかれて家《いえ》に帰《かえ》ったわたしは、朱音《あかね》さんがつくってくれた冷《ひ》やし中華《ちゅうか》をもりもり食《た》べてから、今日《きょう》も今日《きょう》とて福神堂《ふくじんどう》へむかった。

○　貧乏神《びんぼうがみ》のミユキさん　○

お店《みせ》のガラス戸《ど》をあけると、チリン、チリン、と鈴《すず》が鳴《な》る。

「こんにちはー。」

いつもどおりに、あいさつすると。

「あ、ひびきなのっ。」

上《うえ》のほうから声《こえ》がした。

見《み》あげると、本棚《ほんだな》の上《うえ》にチィちゃんの姿《すがた》があった。こっちにおしりをむけて、まぁるくなっている。と思《おも》ったら、ぴょんと、とびおりてきた。

「うわっ!?」

わたしは、あわててチィちゃんを受《う》けとめた。ぽっふん。

「どうかしたの、チィちゃん?」

チィちゃんが、ぎゅううううっと、わたしにしがみついてくる。

ちっちゃくて、やわやわで、ほんのり甘《あま》い香《かお》りがした。

わたしは、チィちゃんのほっぺを、やさしく、つねつねする。

「ううぅ、知《し》らないひとが、きてるの。」

「知《し》らないひと？」

ここは福《ふく》の神《かみ》がやっている、ふしぎな古本屋《ふるほんや》さんだから、ふつうのひとはこられない。

絵理乃《えりの》ちゃんは、二回《かい》も、ここにきているけど、どちらも、わたしが関係《かんけい》していた。

たぶん、ひとりでは見《み》つけることもできないはずだ。

ということは……。

わたしは、チィちゃんをだっこしたまま、おくの居間《いま》をのぞきこんでみた。

そこには、ふたりのひとがいた。

ひとりは、もちろん、レイジさんだ。目《め》が合《あ》う。

「おや、ひびきさん。いらっしゃい。」

レイジさんは、日《ひ》だまりみたいな笑《え》みをうかべる。

ちゃぶ台《だい》には、カレードリンクと、福神《ふくじん》づけが置《お》いてあった。

そして、レイジさんの正面《しょうめん》には、セーラー服《ふく》を着《き》た女《おんな》の子《こ》がすわっている。

ドリンクと福神《ふくじん》づけは、そのひとのために用意《ようい》されたものみたい。

わたしよりも、ちょっと年上《としうえ》だ。中学《ちゅうがく》二年生《ねんせい》くらい？

さらさらの黒髪《くろかみ》が腰《こし》まである。前髪《まえがみ》も長《なが》めで、目《め》をかくしてしまっていた。うつむきぎみなので、わたしのところからでは、顔《かお》がよく見《み》えない。

そのお姉《ねえ》さんは、わたしに気《き》づいて、「わわわっ。」と、おどろいたような声《こえ》を出《だ》す。

「……すみません、すみません。おジャマしています。」

制服《せいふく》のプリーツスカートを、きゅっとにぎりしめて、ぺこんと、いきおいよく頭《あたま》をさげた。その直後《ちょくご》、ごすん、とちゃぶ台《だい》におでこをぶつける。

「おっと。」

レイジさんが、文字《もじ》どおりの神業《かみわざ》で、ドリンクと福神《ふくじん》づけを回収《かいしゅう》していた。

「ふぎゃう！」

お姉《ねえ》さんは、おかしな声《こえ》を出《だ》しながら顔《かお》をおさえて、ひっくりかえる。

「すごい音《おと》したの。」

チィちゃんが、目《め》をまんまるにしていた。

「おやおや、だいじょうぶですか、ミユキさん？」

レイジさんは、のほほんとした笑顔《えがお》でたずねる。

いや、笑《わら》ってる場合《ばあい》じゃないでしょ！

ひっくりかえったときの振動《しんどう》で、つまれていた本《ほん》の塔《とう》がくずれてしまった。お姉《ねえ》さんは、その下《した》にうもれていく。一冊《さつ》の本《ほん》は、そんなに重《おも》くないけど、たくさんだと凶器《きょうき》だ。

「ひぇえええーっ。」

「だ、だいじょうぶですか？」

わたしは、あわててスニーカーをぬいで、居間《いま》にあがりこんだ。

チィちゃんは、わたしの腕《うで》からおりて、レイジさんの背中《せなか》にかくれる。

わたしは、くずれた本《ほん》をよけ、お姉《ねえ》さんをひっぱりだした。

そのときに、前髪《まえがみ》がちょろっとめくれたので、顔《かお》が見《み》える。

とんでもなく美少女《びしょうじょ》なんですけど……。

アイドルとかで、テレビに出《で》ていてもおかしくないと思《おも》う。

「あ、あの、だいじょうぶですか?」

もう一度《いちど》、たずねてみた。

お姉《ねえ》さんは、ゆっくりと体《からだ》を起《お》こし、前髪《まえがみ》の上《うえ》からおでこをおさえた。

「……うう。すみません、すみません。わたしのような者《もの》のために、お手《て》をわずらわせてしまって、どうも、すみません。」

お姉《ねえ》さんは、ぺこん、ぺこん、と頭《あたま》をさげまくった。

また、どこかにおでこをぶつけそうで、わたしはハラハラする。

「あ、ぜんぜんです。気《き》にしないでください。」

むしろ、おでこ、気《き》をつけてください。

「……い、いえ。このご恩《おん》は一生《いっしょう》わすれません。わすれません!」

大《おお》げさな。

「というか、レイジさん。手伝《てつだ》ってくださいよ。」

わたしは、レイジさんを、ちょっとだけにらむ。

「いやー、福《ふく》の神《かみ》といっしょにいても、まったく改善《かいぜん》されない不幸体質《ふこうたいしつ》に、思《おも》わず見《み》とれてしまいまして。さすがだな、と。」

ナゾなことを言《い》い、レイジさんは、ちゃぶ台《だい》にカレードリンクと福神《ふくじん》づけをもどす。

「ケガはありませんか、ミユキさん？　氷《こおり》を持《も》ってきましょうか？」

「……いえ、だいじょうぶです。この程度《ていど》ですんだのは、不幸中《ふこうちゅう》の幸《さいわ》いです。やはり、福《ふく》の神《かみ》さまのチカラはすごいのです。ありがとうございます、ありがとうございます。」

お姉《ねえ》さんに、こういうことが起《お》きるのは、いつものことらしい。

なんでだろう？

「それはですね、ミユキさんが貧乏神《びんぼうがみ》だからですよ。」

ひさびさに、レイジさんに心《こころ》を読《よ》まれた。

「え？　貧乏神《びんぼうがみ》？」

「紹介《しょうかい》しましょう、ひびきさん。こちらは、福無《ふくなし》ミユキさんです。」

「……よ、よろしくお願《ねが》いします。福無《ふくなし》ミユキともうします。」

ミユキさんは、また、ぺこんと頭《あたま》をさげた。

「あ、どうも。東堂《とうどう》ひびきです。福《ふく》の神《かみ》の弟子《でし》です。いちおう。」

わたしも頭《あたま》をさげる。それから、ミユキさんを見《み》た。ミユキさんは、わたしの視線《しせん》から逃《に》げるみたいに、「わわわっ。」と、うつむいてしまう。

わたしは、しかたがなく、レイジさんに目《め》をむけた。

「さっき、貧乏神《びんぼうがみ》って言《い》いました？」

「はい。ミユキさんは、貧乏神《びんぼうがみ》なんです。とり憑《つ》いたひとや家《いえ》を貧《まず》しくさせて、こまらせてしまう神《かみ》さまのことですね。昔話《むかしばなし》や、落語《らくご》の題材《だいざい》によくつかわれています。」

さわやかスマイルで、レイジさんが解説《かいせつ》してくれる。

「でも、こまらせるだけではありません。たいせつにすると、福《ふく》の神《かみ》以上《いじょう》に福《ふく》をもたらしてくれたり、あるいは、貧乏神《びんぼうがみ》がなまけ者《もの》をはげまして、幸福《こうふく》にみちびいたりすることだってあるんです。」

「そういえば、そんなお話《はなし》を読《よ》んだこと、ある気《き》がします。」

「幸福《こうふく》の量《りょう》を一定《いってい》にするために貧乏神《びんぼうがみ》は存在《そんざい》しています。ものすごいお金持《かねも》ちがいたら、ちょっとだけお金《かね》をいただいて、持《も》っていないひとに、わけてあげるんです。もちろん、しあわせは、たんじゅんに、お金《かね》に置《お》きかえられるものではありませんけれどね。」

「いい神《かみ》さまじゃないですか。」

「だそうですよ、ミユキさん。よかったですね。」

レイジさんが、にこにこ笑顔《えがお》をミユキさんにむける。

「……そ、そそそ、そんな。わたしのような者《もの》が、おこがましいです。」

どうしてだか、あわてていた。わたわたと、空中《くうちゅう》をひっかく。

そのとたんに、グラスをたおしてしまい、中身《なかみ》のカレードリンクが、わちゃーっとちゃぶ台《だい》に広《ひろ》がってしまう。

「あー、やっぱり、やっちゃいましたか。」

「……す、すすす、すみません、すみません。すぐに、ふきますので。」

「だいじょうぶですよ、ミユキさん。といいますか、できれば、動《うご》かないでください。なにかすると、ぜったい災難《さいなん》を発生《はっせい》させるんですから。」

レイジさん、笑《わら》ってるけど、ちょっぴり冷《つめ》たいな……。

「……はい。すみません。」

ミユキさんは、しょぼーんと肩《かた》を落《お》とす。

なるほど。なんとなく、わかった。

ミユキさんは、ものすごくドジなのだ。

そのうえ、不運《ふうん》をひきよせてしまう体質《たいしつ》らしい。

きっと、貧乏神《びんぼうがみ》だからだろう。

レイジさんは、立《た》ちあがって、キッチンへふきんをとりにいく。

レイジさんという盾《たて》をうしなったチィちゃんが、わたしのところへ、そそそっと、移動《いどう》してきた。ぷにっ、とわたしの背中《せなか》にくっつく。

「あの、ドリンクかかりませんでしたか？」

わたしは、ミユキさんにたずねてみた。

「シミにならないといいんですけど。」

「……も、問題《もんだい》ありません。わたしのような者《もの》は、カレーまみれになればよいのです。」

かわったひとだな……。

まあ、見《み》たところ、どこもよごれてなさそうだから、平気《へいき》だと思《おも》うけど。

○　貧乏神《びんぼうがみ》の相談《そうだん》　○

「それにしても、グッドタイミングですよ、ひびきさん。」

ふきんで、ちゃぶ台《だい》をふきながら、レイジさんが言《い》う。

わたしもキレイにするのを手伝《てつだ》った。ミユキさんもやろうとしていたんだけど、レイジさんに「すわっていてくださいね。」と、（どことなく黒《くろ》い）笑顔《えがお》で言《い》われてしまって、

「あう、すみません。」と、つぶやきながら正座《せいざ》した。

「なにが、グッドタイミングなんですか？」

わたしは、レイジさんに聞《き》いてみる。

「ミユキさんが福神堂《ふくじんどう》にいらっしゃったのは、相談《そうだん》があったからなんです。ただ、内容《ないよう》を確認《かくにん》したところ、ぼくでは力《ちから》になれそうにないな、と思《おも》っていたんですよ。そこへ、ひびきさんが華麗《かれい》に参上《さんじょう》、というわけです。」

「……はあ。相談《そうだん》って、なんのですか？」

レイジさんに質問《しつもん》しながら、わたしは、ミユキさんに視線《しせん》をむける。

ミユキさんは、顔《かお》を郵便《ゆうびん》ポストみたいにまっ赤《か》にしながら、ぞうきんでもしぼるみたいに、スカートをぎゅっとにぎりしめていた。

スカート、しわになっちゃわないかな？

「恋《こい》の相談《そうだん》だそうです。」

レイジさんは、「ちょっとコンビニまで、アイスを買《か》いにいってきます。」くらいの感《かん》じで、さらっと言《い》い、ミユキさんは、「ううっ。」と、はずかしそうに肩《かた》をちぢめた。

「いやー、聞《き》きだすのに三時間《じかん》もかかりましたよー。心《こころ》も読《よ》ませてくれないし。」

あはは、とレイジさんは笑《わら》う。

三時間《じかん》も口《くち》をわらなかったのか。大作映画《たいさくえいが》なみだ。

「お相手《あいて》は、死神《しにがみ》さんだそうです。」

「死神《しにがみ》って、あの死神《しにがみ》ですか？」

わたしの頭《あたま》にうかんだのは、黒《くろ》いローブを着《き》たガイコツだ。手《て》に大《おお》きなカマを持《も》っている、こわいやつ。

「その死神《しにがみ》です。べつに、ガイコツではないですけどね。」

レイジさんは、わたしの心《こころ》のイメージ映像《えいぞう》まで見《み》えるのだろうか。

「死神《しにがみ》というのは、死期《しき》の近《ちか》いひとのもとをおとずれて、魂《たましい》を回収《かいしゅう》する異形《いぎょう》のモノのことです。魂《たましい》の回収《かいしゅう》がしごとであって、命《いのち》をうばうわけではありません。彼《かれ》らのしごとは、死者《ししゃ》が迷《まよ》わないようにしてあげることなんです。」

「それだと、なんだか、天使《てんし》みたいですね。」

わたしは、ちょろっと、チィちゃんを見《み》た。

チィちゃんは天使《てんし》の姿《すがた》をしている。背中《せなか》の羽《はね》が、ぴこぴこ動《うご》いていた。

でも、もともと、すべての天使《てんし》に羽《はね》があったわけではないらしい。本《ほん》で読《よ》んだことがある。羽《はね》の生《は》えた天使《てんし》のイメージは、あとから定着《ていちゃく》したものなんだって。

「人間《にんげん》が死神《しにがみ》と呼《よ》んだり、天使《てんし》と名前《なまえ》をあたえたりしているだけで、同《おな》じ存在《そんざい》ですよ。」

「そうなんですか。」

わたしは、ふと、ハルナさんのことを思《おも》いだした。そのとたん、胸《むね》がちくりとする。ハルナさんは、亡《な》くなったあとも地上《ちじょう》にとどまり、モコさんを待《ま》っていた。

ハルナさんは死神《しにがみ》に、むかう先《さき》を教《おし》えてもらわなかったのだろうか……。

「まあ、そういうわけですから。」

レイジさんがにこにこしながら、わたしを見《み》る。

「え、なにが、そういうわけなんですか？」

「ミユキさんのご相談《そうだん》には、ひびきさんにのってもらうということで。」

「えっ、えぇぇーっ！　む、無理《むり》ですよっ！」

恋《こい》の相談《そうだん》なんて無理《むり》に決《き》まっている。

じまんじゃないけど、わたしは、恋《こい》なんてしたことない。

いや、本当《ほんとう》に、じまんにならないんだけど……。

ステキだなー、と思《おも》うのは、いつも本《ほん》の登場人物《とうじょうじんぶつ》ばかりだ。

だから、恋愛《れんあい》の経験《けいけん》のないわたしに、相談《そうだん》なんて無理《むり》だ。無理《むり》、無理《むり》。無理《むり》すぎる。

「それに、そういうのって縁結《えんむす》びの神《かみ》さまとかに、お願《ねが》いするものじゃないんですか？」

「そういう手《て》もありますが、せっかくですし。」

「なにが、せっかくなんですか……。」

「修行《しゅぎょう》ですよ、修行《しゅぎょう》。そろそろ、ひびきさんにも修行《しゅぎょう》を課《か》さなければな、と思《おも》っていたんです。だから、めんどうくさいとか、そういうことでは決《けっ》してないのです。」

うわ、ひどい。めんどうくさいって思《おも》ってるんだ。

「……あ、あの。」

そこで、ミユキさんが、細《ほそ》い声《こえ》で言《い》った。

「……やっぱり、わたしのような者《もの》が、みなさんのお手《て》をわずらわせてはいけません。福《ふく》の神《かみ》さまに、相談《そうだん》しにきたこと自体《じたい》、まちがいだったのです。すみません、すみません。聞《き》かなかったことにしてください。」

ぺこん、と頭《あたま》をさげて、ミユキさんは立《た》ちあがった。

が、すぐに転《ころ》んだ。

「あ、足《あし》がしびれ……。」

ミユキさんは、体《からだ》をまるめて、「ううぅ。」と、うなっている。

貧乏神《びんぼうがみ》でも、正座《せいざ》をつづけたら、足《あし》はしびれてしまうものらしい。

「あの、だいじょうぶですか？」

「……うう、だいじょうぶ、です。」

長《なが》い前髪《まえがみ》のあいだから、涙《なみだ》でぬれたキレイな目《め》がのぞいている。

あんまり、だいじょうぶそうではない。

チィちゃんが、とててて、と歩《ある》いて、ミユキさんのそばにしゃがみ、ちょん、と足《あし》をついた。

「ふぎゃうっ⁉」

ミユキさんは悲鳴《ひめい》をあげて、ごろんっ、ごろんっ、と転《ころ》がる。

「うわあああ、ダメだよ、チィちゃん！」

わたしは、あわててチィちゃんのわきの下《した》に手《て》を入《い》れて持《も》ちあげた。

「あのひと、足《あし》、しびれてるの。ぜんぜん、だいじょうぶじゃないの。」

「うん。だから、さわっちゃダメだよ。」

レイジさんを見《み》てみる。笑顔《えがお》のまま、うんうん、うなずいているだけ。

ミユキさんに視線《しせん》をうつす。まだ、ごろごろ、転《ころ》がりつづけていた。

……なんだか、放《ほう》っておけないかも、って思《おも》った。

○ 好《す》きという気《き》持《も》ち ○

「……あ、あの、わたしのような者《もの》が、福《ふく》の神《かみ》さまのお弟子《でし》さまであらせられる、ひびきさまのお宅《たく》に、あげていただいて本当《ほんとう》によろしいのでしょうか？　バチが当《あ》たりませんでしょうか？」

ミユキさんは、おびえるように肩《かた》をちぢめていた。

わたしの部屋《へや》である。

また、足《あし》がしびれてはいけないので、ミユキさんには、イスにすわってもらった。

「そんなに、かしこまらないでください。わたし、ただの小学生《しょうがくせい》ですし。」

「……はあ、すみません。」

ミユキさんのひざの上《うえ》に、チィちゃんがすわっている。もう、なれたらしい。足《あし》をぱたぱたさせながら、「ふん、ふん、ふーん♪」と、鼻歌《はなうた》を歌《うた》っていた。

むしろ、ミユキさんのほうがオドオドしている。

「……ッ、ツクモ神《がみ》さまは、甘《あま》い香《かお》りがいたしますね。」

ワレモノでもさわるみたいに、そっとチィちゃんの羽《はね》にふれていた。

「チィはね、チィっていうの。」

「……チィさま、ですね。」

「チィでいいの。『ちゃん』をつけてもいいよ。」

「……はい。チィちゃんさま。」

ヘンな会話《かいわ》。

恋《こい》の相談《そうだん》なんてものを受《う》けても、正直《しょうじき》、わたしでは対応《たいおう》しきれない。お手《て》あげだ。

ということで、わたしは絵理乃《えりの》ちゃんに話《はな》してみることにした。いきなり、おうちにおしかけてもわるいと思《おも》ったので、家《いえ》に帰《かえ》ってから電話《でんわ》をしてみたのだ。

いそがしくなければ遊《あそ》びにこない？　聞《き》いてほしい話《はなし》もあるし、みたいに言《い》ってみた。

『しょうがない。いそがしいけど、東堂《とうどう》ひびきのために、無理《むり》していってあげよう。』

絵理乃《えりの》ちゃんは、電話《でんわ》のむこうで、そう答《こた》えた。

「あ、いそがしいなら、無理《むり》しなくても、べつに……。」

『いくって言《い》ってるじゃんっ！　いくよっ！　ほんとは、いそがしくないよっ！』

「あ、いそがしくないんだ？」

そんなこんなで、いまは、絵理乃《えりの》ちゃんを待《ま》っているところだ。

「わたし、お茶《ちゃ》かなにか、持《も》ってきますね。」

「……そんな！　わたしのような者《もの》に、お茶《ちゃ》など！　泥水《どろみず》でよいのです！」

「あ、いや、ふつうにペットボトルのやつですから。高級《こうきゅう》なやつとかじゃないんで。」

ミユキさんと会話《かいわ》するのは、わりとめんどくさいなと思《おも》いながら、部屋《へや》を出《で》て、一階《かい》におりる。キッチンにむかうと、朱音《あかね》さんが、ちょうどグラスに麦茶《むぎちゃ》をそそいでいた。

「お、ひびきか。麦茶《むぎちゃ》とポテチでいいか？」

「ありがとうございます。わたし、じぶんでやります。」

「なんだよ、部屋《へや》まで持《も》ってくつもりだったのに。『ひびきちゃんのお姉《ねえ》さんですか？』

『うふふ、ママなのよ。』『ええ、ひびきちゃんのママ、わかーい。』とか、そういうのを、やってみたかったのに。」

いや、朱音《あかね》さんは、わたしのお母《かあ》さんではない。

「さっきの子《こ》、ちらっと見《み》た感《かん》じ、中学生《ちゅうがくせい》くらいだったよな？　セーラー服《ふく》、着《き》てたし。なんの友《とも》だち？」

チィちゃんは、霊感《れいかん》のないひとには姿《すがた》を見《み》ることができない。

でも、ミユキさんは、そうではないらしい。

「知《し》りあいのお姉《ねえ》さん。」

わたしは、とっさにウソをついた。さすがに貧乏神《びんぼうがみ》だなんて言《い》えないからね。

ウソついてごめんなさい、と心《こころ》のなかであやまっておく。

「あ、そうだ、朱音《あかね》さん。」

「ん？」

「ちょっと、聞《き》きたいことがあるんですけど、いいですか？」

「おう。なんでも聞《き》けよ。たいてい、なんでも知《し》ってるぞ。」

「えっと、朱音《あかね》さんに好《す》きな男《おとこ》のひとがいるとしますよね。」

「お、なんだよ、おまえら、恋《こい》バナしてんのか？　おマセさんめ。」

朱音《あかね》さんが、わたしのほっぺをつつこうとしたので、すすっ、とよける。

「む。」

「そういうとき、朱音《あかね》さんなら、どうします？」

朱音《あかね》さんは、女子《じょし》のセンパイだ。参考《さんこう》になるかもしれないと思《おも》ったのだ。

「どうするもなにも、想《おも》いを伝《つた》えるな。」

「どんなふうに伝《つた》えますか？」

「それは直接《ちょくせつ》だよ。やっぱ、口《くち》で言《い》ったほうがいい。作戦《さくせん》を考《かんが》えたりとか、ちまちましたのは好《す》きじゃない。」

「なるほど。じゃあ、なんて言《い》いますか？」

「おまえが好《す》きだ。好《す》きすぎる。あたしのものになれ。」

「そ、そんなにストレートに？」

「あたしは言《い》っちゃうけどな。」

「それは、朱音《あかね》さんが美人《びじん》で、フラれたことないからですよ。じぶんに自信《じしん》があるから言《い》えるんです。」

ほとんどのひとは、そんなまっすぐ言《い》えないよ。

「なーに言《い》ってんだ。フラれたことなんて、あるに決《き》まってるだろ。」

「え？　朱音《あかね》さんが？」

朱音《あかね》さんは、服装《ふくそう》はいい加減《かげん》だけど、すごくキレイだし、スタイルもばつぐんだ。世《よ》の中《なか》の男《おとこ》のひとは、朱音《あかね》さんに告白《こくはく》なんてされたら、ぜったいオーケーしそうなのに。

「人生《じんせい》ってのは、なかなか、うまくいかないんだよ。そこがおもしろいんだ。ゲームだって、イージー・モードじゃ、ものたらんだろ？」

わたしはゲームをやらないので、あんまり、わからないけど。

「あの……いまも、好《す》きなひととかいますか？」

もし、朱音《あかね》さんにそういうひとがいて、でも、わたしがここで暮《く》らしているせいで、うまくいかなくなったりしているなら、それはイヤだな、と思《おも》った。

「じつはいる。」

あ、やっぱり、そうなんだ。ぜんぜん気《き》づかなかった。

わたし、サイアクだ。わたしをあずかっているせいで、朱音《あかね》さんは、デートにいけなかったりするのかもしれない。

どうしよう、どうしよう、どうしよう。

わたしのせいで、本当《ほんとう》は朱音《あかね》さんがこまっているんじゃないかと思《おも》ったら、胸《むね》がちくちくした。わたしは、朱音《あかね》さんが好《す》きだから、朱音《あかね》さんをこまらせたくない。

「そいつはなー、おまえだ、ひびきっ。」

とつぜん、朱音《あかね》さんが、わたしのことをぎゅっとだきしめてくる。

「わっわっわっ。」

「かっわいいなー、ひびきは。」

髪《かみ》の毛《け》をくしゃくしゃにされ、むちゅーと、ほっぺにキスされた。

「安心《あんしん》しろ。いまは、ひびきしか見《み》えないんだ。しばらくのあいだは、あたしはひびきのものだ。好《す》きにしていいぞ。」

「な、なに言《い》ってるんですか、もう。」

朱音《あかね》さんは、「へっへっへ。」と、いたずらっぽく笑《わら》ったあと、まじめな声《こえ》で言《い》った。

「ひびきはさ、前《まえ》の学校《がっこう》で、いろいろあったじゃん？」

「……はい。」

わたしは、前《まえ》の学校《がっこう》で友《とも》だちがいなかった。いやがらせをされたりもした。

いい思《おも》い出《で》は少《すく》ない。

「あんときな、あたしは、ビビったんだ。」

「朱音《あかね》さんが？」

「そのちょっと前《まえ》にさ、いじめられていた中学生《ちゅうがくせい》が、じぶんで、じぶんの命《いのち》を捨《す》ててしまうような事件《じけん》があったんだ。それを思《おも》いだしちまった。でな、ひびきが、もしも、そういうふうに、じぶんを粗末《そまつ》にするようなところまで追《お》いつめられちゃってたら、どうしようって思《おも》った。ひびきが、いなくなっちゃうかもって考《かんが》えたら、涙《なみだ》がとまんなくてな。」

「……朱音《あかね》さん。わたしは、そんなことしないです。」

「わかってる。信《しん》じてるからな。でもさ、なんかあったら、あたしに言《い》えばいい。釘《くぎ》バットの準備《じゅんび》はできてる。」

「だから、それ、ダメですってば。」

「だけど、心強《こころづよ》いだろ？　この世界《せかい》で、少《すく》なくともひとりは、ひびきのために、釘《くぎ》バットで応戦《おうせん》するかくごなんだ。そのことは、覚《おぼ》えておいてソンはない。」

朱音《あかね》さんは、また、わたしの髪《かみ》の毛《け》をくしゃくしゃと、かきまわす。

「好《す》きっていうのはさ、そのひとに、いつも笑顔《えがお》でいてほしいな、って思《おも》うことだよ。」

「笑顔《えがお》でいてほしい……。」

「そう。ひびきが、あたたかくて、おだやかで、やさしい場所《ばしょ》で笑《わら》っていてくれたら、それ以上《いじょう》しあわせなことはないよ。」

朱音《あかね》さんは、美人《びじん》で、かっこよくて、ものすごくステキだ。

わたしは、将来《しょうらい》、朱音《あかね》さんみたいなひとになりたいな。

「ほれ、そろそろ、もどってやんな。」

朱音《あかね》さんがわたしをはなして、ぽん、と背中《せなか》をおしてくれる。

「あの子《こ》、ひとりで、ひびきを待《ま》ってるんだろ。たいくつさせたら、わるい。」

「はい。」

ミユキさんは、チィちゃんといっしょだから、ひとり、というわけではないんだけど、おたがい、ひとみしりっぽいし、はやくもどってあげねばな、と思《おも》った。

○ 絵理乃《えりの》ちゃんのアドバイス ○

「ごめんなさい。待《ま》たせちゃって。」

冷《つめ》たい麦茶《むぎちゃ》と、ポテチを持《も》って、わたしは部屋《へや》にもどった。

「……い、いえ。師匠《ししょう》が遊《あそ》んでくれていましたので。」

「師匠《ししょう》？」

なんのことかわからず、わたしが首《くび》をかしげていると。

「チィのことなの！」

えっへん、とチィちゃんが、胸《むね》をはった。

いったい、なにがあって「チィちゃんさま」から「師匠《ししょう》」になったんだろう？

チィちゃんの手《て》もとをのぞいてみたら、ドライバー（ペン立《た》てにさしておいたやつだ。）がにぎられていた。先《さき》っぽにクリップがくっついていて、そのクリップに、またべつのクリップがつながっている。

ネジを回《まわ》すときに便利《べんり》なように、そのドライバーには磁力《じりょく》があった。だから、クリップをくっつけることができるのだ。

「……師匠《ししょう》。すごいです。クリップ、五つもつながってますよ！」

「チィのこと、もっと、ほめてもいいの。」

まあ、ふたりが、仲《なか》よしさんになれて、よかった。うん。

なんて思《おも》っていたら、ピンポーン、とチャイムの音《おと》が聞《き》こえてきた。

「あ、絵理乃《えりの》ちゃんだ。ちょっと、むかえにいってきますね。」

というわけで、絵理乃《えりの》ちゃんも合流《ごうりゅう》した。

ミユキさんのことは、親戚《しんせき》のお姉《ねえ》さん、ということにしておいた。

貧乏神《びんぼうがみ》だなんて言《い》えるわけないし。

わたしが福《ふく》の神《かみ》の弟子《でし》であることも伝《つた》えていないし。

絵理乃《えりの》ちゃんにひみつにしたままなのが気《き》になるけど、いまはしかたがない。

ミユキさんには、気《き》になるひとがいる（たまに電車《でんしゃ》で見《み》かけるひと、という設定《せってい》にし

イスはないだろうか、みたいに伝《つた》えてみた。）のだけれど、どうしていいのかわからなくて、こまっている。なにか、いいアドバ

「ふむふむ。なるほどね。」

フローリングに、ぺたんとすわった状態《じょうたい》で、絵理乃《えりの》ちゃんは、腕《うで》をくむ。

ミユキさんも、いまは床《ゆか》に腰《こし》をおろしていた。

正座《せいざ》じゃないから、足《あし》はしびれないだろう。……たぶん。

わたしはベッドに腰《こし》かけ、ふたりを見守《みまも》った。チィちゃんは、わたしのひざの上《うえ》だ。

「まず、第《だい》一に。」

絵理乃《えりの》ちゃんは、ひとさし指《ゆび》を立《た》てる。

「ミユキさんは、前髪《まえがみ》が長《なが》すぎる。切《き》ったほうがいいです。そのままだと、相手《あいて》に暗《くら》い印《いん》象《しょう》をあたえちゃいますよ。」

「……そ、そんな、無理《むり》です。はずかしいです。」

ミユキさんは、両手《りょうて》で前髪《まえがみ》をおさえた。

「あ、でも、わたしも切《き》ったほうがいいと思《おも》います。」

さっき、ちらりと見《み》えたミユキさんの顔《かお》は、すごくかわいかった。

目《め》がとてもキレイなのだ。前髪《まえがみ》でかくしていたら、もったいないと思《おも》う。

チィちゃんも、うんうん、うなずいていた。

「切《き》らないにしても、せめて、ピンでとめるとか、わけるとかしないとダメ！」

絵理乃《えりの》ちゃんは、立《た》てていたひとさし指《ゆび》を、ずびしっと、ミユキさんにつきつけた。

「……すみません。」

ミユキさんは、しょんぼり肩《かた》を落《お》とす。

「まずは、見《み》た目《め》をあかるくする努力《どりょく》ってことだね、絵理乃《えりの》ちゃん。」

さすがは、五年《ねん》二組《くみ》のキラキラ隊長《たいちょう》だ。

「そうそう。努力《どりょく》をおこたってはいけないわけ。で、準備《じゅんび》が整《ととの》ったら、想《おも》いを伝《つた》える。」

「……ダメです。いきなり、そんな……。し、死《し》んでしまいますっ。」

ミユキさんは、胸《むね》に手《て》を当《あ》てて、苦《くる》しそうにうめいた。

「そりゃ、いきなりだと、相手《あいて》もびっくりするだろうから、メアドを教《おし》えるとかして、メッセージのやりとりが、できるようにするんですよ。」

絵理乃《えりの》ちゃんは、ポテチに手《て》をのばして、ひょいと口《くち》のなかに入《い》れる。

「じぶんのメアドか、SNS《エスエヌエス》のID《アイディー》を書《か》いた手紙《てがみ》をわたすとかが、いいんじゃないですかね。へんじがあれば脈《みゃく》あり、ってことだし。」

わたしは、もしゃもしゃポテチをほおばる絵理乃《えりの》ちゃんを見《み》つめる。

「絵理乃《えりの》ちゃん、すごい。想像《そうぞう》してたより、まともな意見《いけん》だ。」

「どんなふうに想像《そうぞう》してたんだよ、東堂《とうどう》ひびき。」

絵理乃《えりの》ちゃんは、くちびるをとがらす。

「まあ、いいや。まずは、レターセットを用意《ようい》しよう。」

「わたし、持《も》ってるよ。」

お母《かあ》さんとお父《とう》さんに送《おく》るためのものだ。「AIR MAIL《エアメール》」って書《か》いておけば、ふつうの封筒《ふうとう》でも、海外《かいがい》に手紙《てがみ》を送《おく》ることができるのだと、朱音《あかね》さんから教《おそ》わった。

「それじゃダメ。やっぱり、ここは、ミユキさんがじぶんで選《えら》んだやつじゃないと。」

「……わたしのような者《もの》が選《えら》ぶより、ひびきさまがお持《も》ちのもののほうが……。」

「なに言《い》ってるんですかっ！」

絵理乃《えりの》ちゃんが、また、ミユキさんを、ずびしっと指《ゆび》さす。

「じぶんで選《えら》ばないと無意味《むいみ》です！　あー、もうっ！　頼《たよ》りないっ！」

ぷんすかしつつも、どこか、うれしそうに絵理乃《えりの》ちゃんが宣言《せんげん》する。

「よしっ、こうなったら、いまから戦闘準備《せんとうじゅんび》だっ！」

キラキラ隊長《たいちょう》・絵理乃《えりの》ちゃんの提案《ていあん》によって、わたしたちは、市《し》の中心部《ちゅうしんぶ》にあるショッピングモールにむかうことになった。そこには、大《おお》きな文房具《ぶんぼうぐ》のお店《みせ》があるらしい。

電車《でんしゃ》にゆられること約《やく》十分《ぷん》——。

モール内《ない》は、たくさんのひとであふれていた。

「……うう、師匠《ししょう》、こわいです。ど、どうしましょう。」

「チ、チィがついてるの。こ、こんなの、へっちゃらなの。」

チィちゃんは強《つよ》がっているけど、声《こえ》がふるえていた。

わたしは、そんなふたりの手《て》をとる。

チィちゃんの手《て》は小《ちい》さくて、ぷにぷに、ミユキさんの手《て》はしっとり、すべすべだ。

「これで、だいじょうぶですか？」

「……ひびきさま。なんと、おやさしい。」

「チィ、これから、ひびきのこと、師匠《ししょう》って呼《よ》ぶの。」

「いや、それはやめてほしいな。」

ふたりが、わたしにぴとって、くっついてきて、歩《ある》きにくいけど、まあ、いいか。

「なにしてるわけ、東堂《とうどう》ひびき？」

ふしぎそうに、絵理乃《えりの》ちゃんがわたしをふりかえる。

「なんでもない。文房具屋《ぶんぼうぐや》さんは、どのフロアにあるの？」

「二階《かい》だよ。こっち、こっち。」

絵理乃《えりの》ちゃんに案内《あんない》されて、エスカレーターにのり、お店《みせ》を目指《めざ》す。

「そうだ。手紙《てがみ》といっしょに、プレゼントもしてみるって、どうかな？」

言《い》ってから、お、これはなかなか、いいアイディアじゃないか、と思《おも》った。

でも、絵理乃《えりの》ちゃんは、うーん、と腕組《うでぐ》みをしてしまう。

「プレゼントかー。」

「ダメかな？」

「相手《あいて》が、クラスメイトなら、いいと思《おも》う。顔見知《かおみし》りだからね。もしくは、バレンタインみたいなイベントのときとか。」

そこまで、わたしに答《こた》えてから、絵理乃《えりの》ちゃんはミユキさんを見《み》た。

「でも、相手《あいて》は、たまに電車《でんしゃ》で見《み》かけるだけのひとなんですよね？」

ミユキさんは、こくこく、うなずいている。

そういえば、そんな設定《せってい》にしてしまっていたけど、ミユキさんは、どうして死神《しにがみ》さんを好《す》きになったんだろ？　そこまで聞《き》いていなかった。

「それだと、いきなり、プレゼントをあげたら、おどろかせちゃうと思《おも》うんだよね。こういうときは、シンプルに手紙《てがみ》がいちばんだって。」

「そういうものなんだね。あ、もしかして、絵理乃《えりの》ちゃん、カレシがいたりして？」

だから、男《おとこ》の子《こ》の気持《きも》ちがわかるのかもしれない、と思《おも》った。

絵理乃《えりの》ちゃんは、ふふん、と胸《むね》をそらす。

「甘《あま》いな、東堂《とうどう》ひびき。あたしの理想《りそう》はエベレストみたいに高《たか》いのだ。」

べつに、カレシがいるわけではないらしい。

文房具屋《ぶんぼうぐや》さんのレターコーナーで、ミユキさんは、ものすごく悩《なや》んだ。

絵理乃《えりの》ちゃんが「男子《だんし》にあげるんだから、かわいすぎないほうがいいですよ。」と、助言《じょげん》をし、わたしも絵理乃《えりの》ちゃんに同意《どうい》して、チィちゃんはボールペンのおためしコーナーでお絵《え》かきをした。

なかなか決《き》まらなかった。

しかたがないので、一度《いちど》、かき氷《ごおり》を食《た》べにいって、モールのなかをあちこち見《み》てまわった。とちゅう、ミユキさんが、なにもないところで転《ころ》んで、売《う》りものを破壊《はかい》してしまうというハプニングもあったけど（「べんしょうします、べんしょうします。」と泣《な》きそうな声《こえ》でうったえるミユキさんに、店員《てんいん》のお姉《ねえ》さんが「だいじょうぶですよ。」と、やさしく笑《わら》ってくれた。）、なんだか楽《たの》しかった。

考《かんが》えてみたら、友《とも》だちとお買《か》いものなんて、はじめてのことだった。

悩《なや》みぬいたミユキさんは、夏《なつ》の青空《あおぞら》みたいな、キレイなレターセットを買《か》った。

○ やさしい死神《しにがみ》 ○

絵理乃《えりの》ちゃんとわかれて、わたしとミユキさんは、ふたりで歩《ある》いていた。

チィちゃんは、つかれてしまったみたいで、本《ほん》の姿《すがた》にもどっている。

わたしは、チィちゃん(本《ほん》)を両手《りょうて》で持《も》っていた。

「……師匠《ししょう》。このようなお姿《すがた》だったのですね。さすがです。格調高《かくちょうたか》いです。」

ミユキさんは、レターセットの入《はい》った袋《ふくろ》を大事《だいじ》そうに胸《むね》にだいている。

「あの、ミユキさん、ちょっと聞《き》いてもいいですか?」

「……あ、はい。」

「わたし、死神《しにがみ》さんに会《あ》ったことがないから、わからないんですけど、どうして、ミユキさんは、死神《しにがみ》さんを好《す》きになったんですか?」

本当《ほんとう》だったら、相談《そうだん》を受《う》けたときに、たずねるべきだった。最初《さいしょ》に思《おも》いうかべられなかったのは、やっぱり、わたしの経験値《けいけんち》が低《ひく》いからだ。

わたしのたんじゅんな問《と》いかけに、ミユキさんは、ぶわっと顔《かお》を赤《あか》くする。頭《あたま》から、しゅっ、しゅっ、しゅっと、湯気《ゆげ》が出《で》た。いや、たとえじゃなくて、本当《ほんとう》に出《で》ているのだ。

「……そ、それは……。」

レターセットの入《はい》った袋《ふくろ》を、こねくりまわしている。

中身《なかみ》が、ぐしゃぐしゃになってしまわないといいんだけど。

「……し、死神《しにがみ》さまは、ですね、かっこいいんです。」

「なるほど。見《み》た目《め》が好《す》きなタイプだった、ってことですね。」

「……見《み》た目《め》は、その、むしろ、ちょっと、こわい感《かん》じでして……あ、いえ、もちろん、かっこいいんですけど、目《め》とか、とんがってて、笑《わら》わないし、背《せ》も高《たか》いので、やっぱりこわくて、あの、あの、あの……。」

ミユキさんは、しどろもどろになっている。

「落《お》ちついてください、ミユキさん。ゆっくりで、だいじょうぶです。あ、公園《こうえん》があります。あそこのブランコにすわりましょう。」

「……は、はい。」

わたしたちは、ブランコにならんですわった。じょわじょわ、セミが鳴《な》いている。

ミユキさんは、すー、はー、と深呼吸《しんこきゅう》をして、もじもじしながら話《はな》しはじめた。

「……わたし、前《まえ》から死神《しにがみ》さまを、知《し》ってはいたんです。でも、さっきも言《い》いましたように、ずっと、こわい方《かた》だと思《おも》っていたんです。」

死神《しにがみ》、という名前《なまえ》だけでも、たしかに、こわそうな感《かん》じがする。

「……でも、ですね。死神《しにがみ》さまは、本当《ほんとう》は、とても心《こころ》のやさしい方《かた》なのです。」

「そうなんですか?」

「……はい。死神《しにがみ》さまは、お亡《な》くなりになったひとの、魂《たましい》をみちびくおしごとをしているのです。リストがあって、その順番《じゅんばん》どおりに回収《かいしゅう》しなければいけません。」

「リストがあるんですね。」

「……わたしにもあります、リスト。貧乏神《びんぼうがみ》の場合《ばあい》は、お金持《かねも》ちのところへいって、少《すこ》しだけ、お金《かね》をわけてもらうしごとなので、命《いのち》にかかわったりはしないんですけど。それでですね、死神《しにがみ》さまは、ある女性《じょせい》の魂《たましい》を回収《かいしゅう》するために市内《しない》の総合病院《そうごうびょういん》にいらしてたんです。そのひとは、少《すこ》し前《まえ》から入院《にゅういん》していて、あ、わたしは、その病院《びょういん》にいた、お医者《いしゃ》さまから、ちょっとだけ、富《とみ》をわけてもらわなければならなかったんですけど——。」

ミユキさんは「あ、それは関係《かんけい》ないですね。」と、つぶやく。

「……たまたま、おしごと場所《ばしょ》が近《ちか》くて、それで、あいさつくらいはしないといけないと思《おも》いまして。こわかったんですけど、死神《しにがみ》さまのところへいったのです。」

「はい。」

「……死神《しにがみ》さまが、魂《たましい》を回収《かいしゅう》しなければならないひとは、おばあさまでした。」

ブランコを軽《かる》くゆらしながら、ミユキさんはつづける。

「……わたし、おばあさまが、死神《しにがみ》さまにお願《ねが》いをするのを、聞《き》いてしまったんです。」

「お願《ねが》い？」

「……命《いのち》を永《なが》らえさせるのは、むずかしいだろうけれど、少《すこ》しだけ、魂《たましい》の回収《かいしゅう》を待《ま》ってもらえないかって。」

「そのおばあさんは、死神《しにがみ》さんが、『死神《しにがみ》』だって、わかっていたんですか？」

「……死期《しき》の近《ちか》づいたひとは、そういうことがわかってしまうことがあります。」

そうなのかもしれない、とわたしは思《おも》った。

「……死神《しにがみ》さまは、理由《りゆう》をたずねました。おばあさまは、こう答《こた》えたんです。」

むかしね、ひとのことが大《だい》キライなニャーさんに会《あ》ったの。いえ、あれは、ただのニャーさんじゃなかったのかしらね。きっと、あなたに近《ちか》いモノだわ。

あの子《こ》に、もう一度《いちど》、会《あ》いたいの。ありがとう、って言《い》いたいの。

とたんに、わたしはドキリとする。

両手《りょうて》で持《も》っていたチィちゃん（本《ほん》）を、強《つよ》くにぎっていた。だって、それって……。

「……死神《しにがみ》さまは、『規則《きそく》だからダメだ。』と言《い》いました。でも、おばあさまは『お願《ねが》いよ。』と、つづけたんです。」

あのころね、わたしは、だれかに話《はな》したい、たくさんのことがあったわ。

でもね、だぁれも聞《き》いてなんてくれなかったの。

じょうずに、みんなとなじめなかったのね。同《おな》じタイミングで笑《わら》えなかったり、みんなが好《す》きなものを、同《おな》じふうに好《す》きになれなかったり。

だから、みんなといても、ひとりぼっちみたいだったのよ。


ミユキさんが話《はな》していると、まるで、本当《ほんとう》にその言葉《ことば》が聞《き》こえてくるようだった。

そして、その言葉《ことば》は、かわいた大地《だいち》に水《みず》がしみこんでいくみたいに、わたしのなかに入《はい》ってきた。


ニャーさんだけが、ずっと、聞《き》いていてくれたの。毎日《まいにち》、毎日《まいにち》。小《ちい》さな子《こ》どものね、とりとめのない話《はなし》を、ずーっと聞《き》いていてくれたのよ。

ケガをしていたけど、ニャーさんも、その気《き》になれば、あの空《あ》き地《ち》を出《で》ていってしまえたと思《おも》うのよね。それなのに、次《つぎ》の日《ひ》も、その次《つぎ》の日《ひ》も、ニャーさんはそこにいて、しずかに、わたしの話《はなし》を聞《き》いてくれたのよ。

友《とも》だちと呼《よ》べるひとは、何人《なんにん》かいるけれど、いちばんの親友《しんゆう》と呼《よ》べるのは、もしかしたら、ニャーさんだけかもしれない。短《みじか》いあいだではあったけれどね。

だから、最後《さいご》に、どうしても伝《つた》えたいのよ。

ありがとう。ちゃんとね、わたしは生《い》きられましたよ、って。

「……ぜんぶ聞《き》いてから、死神《しにがみ》さまは少《すこ》し考《かんが》えていました。それから、『三日《みっか》だ。』って、おっしゃったんです。『それくらいなら、ごまかせるだろう。』って。おばあさまは、死神《しにがみ》さまに深々《ふかぶか》と頭《あたま》をさげていました。」

そうか。そうなんだ。死神《しにがみ》さんがくれた三日間《みっかかん》で、ふたりは再会《さいかい》できたんだ。

すごい。なんだか、まるでキセキみたい。

「……死神《しにがみ》さまは、『気《き》まぐれだ。』とだけ言《い》って、病室《びょうしつ》を出《で》ました。そのとき、わたしは、ろうかにいたので、死神《しにがみ》さまに見《み》つかってしまったんです。わたし、どんくさいので、すぐ逃《に》げられなくて。死神《しにがみ》さまは、『いまのを聞《き》いていたのか？』と、わたしに言《い》いました。わたし、怒《おこ》られるって思《おも》いました。死神《しにがみ》さまって、こわいから。」

言葉《ことば》とは反対《はんたい》に、ミユキさんは、やさしく目《め》を細《ほそ》める。

「……そしたらですね、死神《しにがみ》さま、すごく、まじめな顔《かお》をして『ひみつにしておいてくれ。』っておっしゃったんです。わたし、おどろいてしまって、『こんなこと、よくないんじゃないですか？』って言《い》ってみました。死神《しにがみ》さまは、なんて答《こた》えたと思《おも》いますか？」

これくらいは、ゆるされてもいい。神《かみ》も見逃《みのが》してくれるだろう。


「……わたし、そのとき、もう、ドキドキしてしまって。なんだか、胸《むね》がバクハツしそうで、それで、あの、死神《しにがみ》さまを……好《す》きになって、しまいました……とさ。」

最後《さいご》は、なぜだか、昔話《むかしばなし》ふうに言《い》って、ミユキさんは、はずかしそうにする。

「死神《しにがみ》さんって、本当《ほんとう》にステキなんですね。」

わたしがそう伝《つた》えると、ミユキさんは、パッと顔《かお》をあかるくした。

「……そ、そうなんですっ。死神《しにがみ》さまはステキなんですっ！」

「がんばりましょうね、ミユキさん。わたし、おうえんしてます。」

ミユキさんは、いまにも泣《な》きだしそうな感《かん》じでほほ笑《え》んだ。

「……ありがとうございます、ひびきさま。」

○　なけなしの勇気《ゆうき》　○

まあ、そこからが、タイヘンだったんだけどね。

次《つぎ》の日《ひ》から、手紙《てがみ》の内容《ないよう》を考《かんが》えなければいけなかった。

ミユキさんは、とてもはずかしがりやさんで、文字《もじ》にするのもはずかしがった。

「……わ、わたしが書《か》いたら、不幸《ふこう》の手紙《てがみ》になりませんかね？」

そんなふうに、不安《ふあん》がってもいた。

絵理乃《えりの》ちゃんとも相談《そうだん》しながら、三人《にん》で書《か》く内容《ないよう》を考《かんが》えた。

その結果《けっか》、ちょっとしたあいさつ、手紙《てがみ》をわたすまでのいきさつと、もちろん、ミユキさんの名前《なまえ》、そして、メールアドレスをそえる、ということになった。

貧乏神《びんぼうがみ》でも、メールアドレスあるんだなって、わたしは思《おも》った。

完成《かんせい》するのに三日《みっか》もかかった。

とちゅう、書《か》きかけの手紙《てがみ》に、ミユキさんがジュースをこぼして、読《よ》めなくしてしまったり、えんぴつの下書《したが》きに消《け》しゴムをかけたら、力《ちから》が入《はい》りすぎて、便《びん》せんごと破《やぶ》いてしまったりもしたけど、なんとか完成《かんせい》した。

いっしょに考《かんが》えはしたけれど、わたしは、その手紙《てがみ》を読《よ》んでいない。

絵理乃《えりの》ちゃんもだ。

それはミユキさんと、受《う》けとった死神《しにがみ》さんだけが、知《し》っていればいいことだから。

死神《しにがみ》さんは、いまも、市内《しない》の総合病院《そうごうびょういん》にいるらしかった。

やっぱり、お亡《な》くなりになるひとが多《おお》いのは、病院《びょういん》だからだそうだ。

わたしはミユキさんを見守《みまも》るために、いっしょに病院《びょういん》にむかう。

のりかかった船《ふね》、というやつだ。

チィちゃんも、いっしょについてきた。わたしと手《て》をつないでいる。

ただ、絵理乃《えりの》ちゃんはいない。本人《ほんにん》はきたがったのだけど、「ママと買《か》いものにいく約束《やくそく》してるんだ。」とのこと。「がんばってくださいね、ミユキさん。」と、言《い》っていた。

「あの、ミユキさん。」

となりを歩《ある》くミユキさんに話《はな》しかける。その手《て》には空色《そらいろ》の封筒《ふうとう》があった。

「……は、はい。なんでしょうか、ひびきさま？」

絵理乃《えりの》ちゃんのアドバイスにしたがって、ミユキさんは前髪《まえがみ》をちょっとだけ横《よこ》に流《なが》している。それだけで、ずいぶん印象《いんしょう》がちがう。すれちがったひとが、たまにミユキさんをふりかえっていた。

「あ、いや、右手《みぎて》と右足《みぎあし》、いっしょに出《で》ちゃってます。」

「ミユキ、ロボットみたいなの。」

チィちゃんが、けたけた笑《わら》う。

「……すみません、すみません。緊張《きんちょう》してしまって。」

心《こころ》なしか顔色《かおいろ》もわるい。だいじょうぶかな？

「深呼吸《しんこきゅう》ですよ、ミユキさん。」

「……は、はひっ。」

その場《ば》で、ミユキさんは、大《おお》きく息《いき》をすったり、はいたりした。

「……なんだか、少《すこ》し落《お》ちついたような……あっ！」

とつぜん、大《おお》きな声《こえ》を出《だ》して、ミユキさんが、瞬間接着剤《しゅんかんせっちゃくざい》のようにかたまる。

「どうしたんですか、ミユキさん？」

ミユキさんは、まっすぐ前《まえ》を見《み》たまま動《うご》かない。

なんだろ、と思《おも》って、ミユキさんが見《み》ているほうを目《め》で追《お》いかけてみた。

車道《しゃどう》をはさんだ、むこうの通《とお》りを、ひとりの男《おとこ》のひとが歩《ある》いているのが見《み》える。

肩《かた》くらいまである髪《かみ》が銀色《ぎんいろ》だった。

高校生《こうこうせい》くらいだろうか。

まっ黒《くろ》いシャツに、細《ほそ》いまっ黒《くろ》のジーンズをはいていた。靴《くつ》も黒《くろ》い。

ああ、とわたしは理解《りかい》する。あのひとが死神《しにがみ》さんだ。

「……わ、わわわ、わたしっ、いってきますっ。」

ミユキさんが一歩《ぽ》ふみだした。

でも——。

「あ、ダメです！」

「あぶないのっ！」

わたしとチィちゃんは、ほとんど、どうじに大声《おおごえ》をあげた。

「へっ？」

たぶん、ミユキさんは死神《しにがみ》さんしか見《み》えていなかったのだ。

だけど、車道《しゃどう》を自動車《じどうしゃ》が、ばんばん走《はし》っている。

わたしは、とっさに、ミユキさんの細《ほそ》い腕《うで》をひっぱっていた。

「ふぎゃう!?」

走《はし》りだそうとしていたミユキさんは、わたしがひっぱったせいで、バランスをくずしてしまった。その場《ば》で、べたん、と転《ころ》ぶ。

「だ、だいじょうぶですか、ミユキさん？」

あわてて、ミユキさんの顔《かお》をのぞきこんだ。

「ごめんなさい、急《きゅう》にひっぱったりして。」

「……すみません、すみません。わたしこそ、ちゃんと見《み》ていなくて。」

「ケガはないですか？」

「……はい。わたしは、なんとも……あれ？」

そこで、ミユキさんの顔《かお》が青《あお》ざめていく。

「……お、お手紙《てがみ》が、ありません。」

「え⁉」

言《い》われてみれば、ミユキさんが大事《だいじ》に持《も》っていた、あの空色《そらいろ》の封筒《ふうとう》がなくなっている。

「あそこなの。」

チィちゃんが、もみじの葉《は》っぱみたいに、ちっちゃい手《て》で、車道《しゃどう》を指《ゆび》さした。

そこには、たしかにミユキさんの封筒《ふうとう》があって。

あ、と気《き》づいた瞬間《しゅんかん》、一台《だい》の自動車《じどうしゃ》がその上《うえ》を走《はし》り去《さ》っていった。

ミユキさんは、すわりこんだまま動《うご》かない。

さすがのわたしも、すぐには動《うご》けなかった。

動《うご》いたのは、チィちゃんだ。右《みぎ》を見《み》て、次《つぎ》に左《ひだり》。もう一度《いちど》、右《みぎ》。車《くるま》がこないのを確認《かくにん》して、パッととびだす。ひかれてしまった封筒《ふうとう》を、ひょい、とひろいあげると、たたたっと、もどってきた。チィちゃんは、封筒《ふうとう》を見《み》つめて、残念《ざんねん》そうに眉《まゆ》をたれさげる。

「あのね、お手紙《てがみ》とってきたの。でもね、やぶけてるの。ごめんなさいなの。」

わたしは、ミユキさんのかわりに、チィちゃんから封筒《ふうとう》を受《う》けとった。

せっかく、キレイなものを選《えら》んだのに、封筒《ふうとう》はひどくよごれて、破《やぶ》けていた。なかの手《て》紙《がみ》も、ぐちゃぐちゃになっている。

わたしは、ミユキさんに目《め》をむけた。

ミユキさんは、しゃがみこんだままで、こちらを見《み》あげ、それから、ふっと視線《しせん》を、わたしの背後《はいご》にやった。

わたしも、そちらをふりかえった。

死神《しにがみ》さんは、わたしたちには気《き》づいていないようだった。

しずかに、まるで月《つき》の上《うえ》を歩《ある》くみたいに、遠《とお》ざかっていってしまう。

わたしは、ミユキさんに目《め》をもどした。

「あの、死神《しにがみ》さん、いっちゃいます。」

「……そう、ですね。」

ミユキさんはうつむいた。流《なが》していた前髪《まえがみ》がこぼれて、また顔《かお》をかくしてしまう。

「あの、封筒《ふうとう》、破《やぶ》れちゃいましたけど、でも、手紙《てがみ》はなんとか読《よ》めると思《おも》います。ちょっと、よごれちゃったけど、これだけでも、わたしたほうが――。」

わたしの言葉《ことば》をさえぎるみたいに、ミユキさんが口《くち》をひらく。

「……もう、いいです。」

「え、でも……。」

「……ひびきさま、ありがとうございます。こんなふうに、お手伝《てつだ》いしてもらえて、本当《ほんとう》にうれしかったです。でも、もう、いいんです。」

「ミユキさん……。」

「……だって、どうせ、ダメですから。わたし、むかしから、そうなんです。」

ミユキさんのほおを、雪《ゆき》どけ水《みず》みたいな、キレイな涙《なみだ》が流《なが》れていく。

「……意味《いみ》、ないですよ。わたし、貧乏神《びんぼうがみ》ですから。ひとを不幸《ふこう》にすることしか、できないんです。わたしに好《す》かれて、死神《しにがみ》さまも、きっと、めいわくです。」

泣《な》いているのに、ミユキさんは、ちょっと笑《わら》う。

そして、「ああ。」と、ため息《いき》に似《に》た声《こえ》をもらした。

「……わたしが、わたしじゃなければ、よかったのに。」

胸《むね》が、ずきん、と痛《いた》む。ミユキさんは、じぶんでじぶんを笑《わら》っているのだ。

ミユキさんは、じぶんがキライなんだ……。

「……ひ、ひびきさまも、これ以上《いじょう》わたしに、かかわらないほうがいいです。きっと、もっと、めいわくをかけちゃいます。せっかくの夏休《なつやす》み、むだにして、ごめんなさい。」

――好《す》きっていうのはさ。

朱音《あかね》さんの言葉《ことば》を思《おも》いだす。

――そのひとに、いつも笑顔《えがお》でいてほしいな、って思《おも》うことだよ。

胸《むね》がざわざわして、もやもやして、熱《あつ》くって、わたしは奥歯《おくば》をかみしめる。

わたしは、破《やぶ》けてしまった封筒《ふうとう》を一度《いちど》、胸《むね》に当《あ》ててから、ミユキさんに、ぐいっとおしつけた。

「わたし、ミユキさんのこと、好《す》きですよ。」

「……え？」

「もっと大《おお》きな声《こえ》を出《だ》せばいいのにとか、すみませんって言《い》いすぎとか、前髪《まえがみ》切《き》ればいいのにとか、思《おも》いますけど、わたし、いまのミユキさんが好《す》きです。ミユキさんじゃないミユキさんだと、こまります。」

わたしは、ミユキさんの前髪《まえがみ》をかきあげて、キレイな目《め》をのぞきこむ。

「最初《さいしょ》は、ちょっと、めんどうくさいなって思《おも》いました。ごめんなさい。でも、いまは、ミユキさんにがんばってほしいと思《おも》ってます。ミユキさんは努力《どりょく》してました。わたし、見《み》てましたから。それが報《むく》われないのは、イヤだ。一生懸命《いっしょうけんめい》にやったことに意味《いみ》がないなんてまちがってる。」

「……ひびきさま。」

ミユキさんのくちびるが、小《ち》さくふるえる。

「伝《つた》える前《まえ》に、あきらめて、泣《な》いちゃうなんて、それは反則《はんそく》です。成功《せいこう》する保証《ほしょう》はないけど、手紙《てがみ》、わたしましょう。だいじょうぶです。できますよ。わたし、福《ふく》の神《かみ》の弟子《でし》ですから！ ひとがしあわせになるお手伝《てつだ》いをするのが、わたしの役目《やくめ》ですから！ ここで、待《ま》っていてください。チィちゃん、ミユキさんといてね。」

「うん、なのっ！」

右《みぎ》、左《ひだり》、右《みぎ》とちゃんと見《み》て、車《くるま》がこないことを確認《かくにん》してから、わたしは走《はし》りだす。

そうしているじぶんに、わたしは、ちょっとおどろいている。

だって、こんなこと、少《すこ》し前《まえ》のじぶんなら、ぜったいにしなかったもの。

でも、やめようとは思《おも》わない。

病院《びょういん》の門《もん》をぬけて、正面入り口《しょうめんいぐち》の自動《じどう》ドアからなかに入《はい》る。冷《つめ》たい空気《くうき》につつまれ、二《に》の腕《うで》がひやっとした。たくさんのひとがいる。看護師《かんごし》さんが足早《あしばや》に通《とお》りすぎていく。

銀色《ぎんいろ》の髪《かみ》の、黒《くろ》い服《ふく》を着《き》た男《おとこ》のひと。死神《しにがみ》さんは、すぐに見《み》つかった。

わたしは、そのひとの前《まえ》にまわりこむ。

「待《ま》ってください。」

そのひとは、ふしぎそうに、わたしを見《み》おろす。

「なんだ、小《ちい》さき者《もの》よ？　われに、なにか用《よう》か？」

とがった目《め》を、さらに細《ほそ》めた。たしかに、ちょっとこわい。

話《はな》しかた、ヘンだけど。

わたしは、左手《ひだりて》のブレスレットを右手《みぎて》でさわる。よし。だいじょうぶ。言《い》える。

「あの、わたし、東堂《とうどう》ひびきといいます。福《ふく》の神《かみ》の弟子《でし》をしています。」

「福《ふく》の神《かみ》の弟子《でし》？　ああ、レイジのところの。」

「レイジさんを知《し》っているんですか？」

「古《ふる》い友人《ゆうじん》だ。それで、やつの弟子《でし》が、われになんの用《よう》だ？」

「いっしょに、きてほしいんです。」

「レイジのところへか？　あまり気《き》が進《すす》まないな。」

死神《しにがみ》さんは、レイジさんの名前《なまえ》に反応《はんのう》して、少《すこ》しイヤそうな顔《かお》をした。

「いえ、ちがいます。死神《しにがみ》さんに、会《あ》いたいって言《い》ってるひとがいるんです。」

「レイジの弟子《でし》ならば知《し》っているだろう？　われは望《のぞ》まれざるモノだ。死《し》から遠《とお》い者《もの》は、あまり、われとかかわるべきではない。」

「わたし、聞《き》きました。死神《しにがみ》さんは、ハルナさんのために、魂《たましい》の回収《かいしゅう》を遅《おく》らせたんですよね？　それくらいは、ゆるされてもいいって。神《かみ》さまも見逃《みのが》してくれるって。」

「あの老婆《ろうば》を知《し》っているのか？」

死神《しにがみ》さんは、片方《かたほう》の眉《まゆ》を持《も》ちあげた。

「ハルナさんは、会《あ》いたかったひとに会《あ》えました。ありがとうって伝《つた》えられました。死神《しにがみ》さんのおかげです。」

「礼《れい》にはおよばない。あんなことに意味《いみ》はないのだ。」

「あります!」

わたしの言葉《ことば》に、死神《しにがみ》さんは、おどろいたようだった。

「死神《しにがみ》さんに伝《つた》えたいことがあるひとがいるんです。そのひとにも、チャンスをあげてください。お願《ねが》いします。」

わたしは、いきおいよく頭《あたま》をさげた。

「頭《あたま》をあげてもらえまいか。」

死神《しにがみ》さんは言《い》った。

「このような場《ば》で、そういった行為《こうい》はひどく目立《めだ》つ。」

あっ、と思《おも》ってわたしはすぐに頭《あたま》をあげた。まわりを見《み》る。

病院《びょういん》のなかにいるひとびとが、ふしんそうにこちらを見《み》ていた。

死神《しにがみ》さんは、そっと息《いき》をつく。

「しかたがないな。案内《あんない》するがいい、小《ちい》さき者《もの》よ。」

○ 告白《こくはく》 ○

ミユキさんは、さっきと同《おな》じ場所《ばしょ》にいた。

すわりこんではいなかったけど、どんよりした顔《かお》をしている。

となりにチィちゃんがいた。しんけんな表情《ひょうじょう》で、ミユキさんのひとさし指《ゆび》をにぎっている。まるで、そうやって、チカラを送《おく》りこむように。

「ミユキさんっ！」

わたしは、大《おお》きな声《こえ》で呼《よ》んだ。

ミユキさんが、こちらを見《み》る。でも、すぐに下《した》をむいてしまう。

わたしは死神《しにがみ》さんをミユキさんの前《まえ》にひっぱっていった。

「われに話《はなし》があるというのは、キミか？」

死神《しにがみ》さんが問《と》いかけても、ミユキさんは、なにも答《こた》えない。

「ふむ。キミとは、どこかで会《あ》ったような……ああ。あのときの貧乏神《びんぼうがみ》か。」

死神《しにがみ》さんは、ミユキさんのことを覚《おぼ》えているようだった。

「それで、われになんの用《よう》だ？　レイジの弟子《でし》に連《つ》れてこられたのだが？」

ミユキさんは、へんじをせず、下《した》をむきつづける。

死神《しにがみ》さんが、無表情《むひょうじょう》のまま、わたしを見《み》た。

ミユキさんのかわりに、わたしが話《はな》してしまうことは、むずかしいことではない。

でも、それこそ意味《いみ》がないのだ。

わたしは、チィちゃんがそうしていたように、ミユキさんの手《て》をにぎった。

そこから、ありったけの福《ふく》の神《かみ》パワーを送《おく》る。まあ、わたしは弟子《でし》なんだけど。

「ミユキさん、だいじょうぶです。」

「……無理《むり》です。わたしなんて……。」

「無理《むり》じゃないです。」

わたしは言《い》いきった。

「しっぱいしたときは、たらふく、お菓子《かし》を食《た》べましょう。手足《てあし》が動《うご》かなくなるまで、泳《およ》ぎにいってもいいです。海《うみ》でもプールでも。絵理乃《えりの》ちゃんもさそいましょう。スイカの早《はや》食《ぐ》い対決《たいけつ》をしても、楽《たの》しいかもしれません。そうやって、わすれちゃいましょう。でも、ちゃんと手紙《てがみ》をわたしたあとです。わたさなければ、それ、ぜんぶなしですから。」

「……ひびきさま。」

「わたしは、ミユキさんの友《とも》だちです。だから、全力《ぜんりょく》でおうえんしています。」

「……わ、わたしのような者《もの》が、ひびきさまの、お友《とも》だちだなどと。」

「その言《い》いかた、なしです。ミユキさんが、なにをどう言《い》おうと、わたしたちはもう、友《とも》だちです。だから――。」

心《こころ》の底《そこ》から、わたしは告《つ》げる。

「がんばれ、ミユキさん。」

わたしは、ミユキさんのうしろにまわって、その背中《せなか》をおした。

前《まえ》におしだされたミユキさんは、顔《かお》を赤《あか》くして死神《しにがみ》さんを見《み》あげる。

「……あ、あああ、あの、死神《しにがみ》さま。」

待《ま》たされていた死神《しにがみ》さんが、「ああ。」と、しずかに答《こた》えた。

「……わ、わた、わたわた、わたしは、福無《ふくなし》ミユキともうします。貧乏神《びんぼうがみ》です。」

「キミが貧乏神《びんぼうがみ》であるということは、記憶《きおく》している。」

「……そ、そそそ、そうですよね。すみません、すみません。」

「あやまる必要《ひつよう》などない。」

ミユキさんは、ちらっと、こちらを見《み》た。

わたしは、チィちゃんといっしょに、ぎゅっとこぶしをつくってみせる。

ミユキさんは、まっ赤《か》っ赤《か》になりながら、死神《しにがみ》さんに視線《しせん》をもどした。

「……わ、たし……その、死神《しにがみ》さまに、お手紙《てがみ》を書《か》いて、きました。」

「手紙《てがみ》？」

「……その、口《くち》では、うまく、言《い》えないから、です。でも、お手紙《てがみ》も、その、ちょっと、よごれて、しまって……だけど、一生懸命《いっしょうけんめい》、書《か》きました。べ、べつに、へんじ、なくてもいいんです。読《よ》んでもらえませんかっ。」

ミユキさんは、ぐいっと封筒《ふうとう》をさしだした。破《やぶ》けてしまって、よれよれで、もう、買《か》ったときの、キレイな空色《そらいろ》ではないけれど、ミユキさんの気持《きも》ちはつまっている。

「ふむ。」

死神《しにがみ》さんは、ミユキさんの封筒《ふうとう》を受《う》けとると、その場《ば》で便《びん》せんをとりだした。

ミユキさんは「ひう。」と声《こえ》をあげる。

いま、ここで読《よ》まれると思《おも》ってなかったのかもしれない。

「……すみません、すみません。読《よ》みにくい字《じ》ですよね。」

「そんなことはない。われよりも、うまい。」

死神《しにがみ》さんの目《め》が手紙《てがみ》の上《うえ》をすべっていく。

ミユキさんは、また下《した》をむいた。制服《せいふく》のスカートを、強《つよ》くにぎりしめる。

「なるほど。理解《りかい》した。」

死神《しにがみ》さんは、真顔《まがお》でうなずく。そして、ミユキさんを見《み》おろした。

「わるいが、キミに対《たい》して、われはとくべつな感情《かんじょう》をいだいていない。」

死神《しにがみ》さんは、はっきりと言《い》う。

「そもそも、われはキミのことを、よく知《し》らない。」

ミユキさんは、「……そ、そうですよね。」とつぶやく。

その声《こえ》は、ふるえていた。いまにも、泣《な》きだしてしまいそうだった。

わたしは、ミユキさんのそばに近寄《ちかよ》ろうと思《おも》った。

けど——。

「だから、まずは友人《ゆうじん》からはじめるということで、どうであろうか？」

「……へ？」

ミユキさんが、おかしな声《こえ》をあげる。

死神《しにがみ》さんは、淡々《たんたん》とした口調《くちょう》でつづけた。

「すまぬが、われは、最新《さいしん》の情報伝達機器《じょうほうでんたつきき》を有《ゆう》していない。よって、この、めーるあどれすなるもののもないのだ。かわりといってはなんだが、このように文《ふみ》をやりとりするのは、どうであろうか？」

「……それって、ぶ、文通《ぶんつう》……ですか？」

ミユキさんが不安《ふあん》そうにたずねる。

「そうなるな。どうだ？　めんどうか？」

「……そんなことありません。あの、あのっ、よろしくお願《ねが》いしますっ！」

「では、決《き》まりだな。」

死神《しにがみ》さんは、重々《おもおも》しくうなずいた。

「ミユキさん！　おめでとうございます。やりましたね！」

わたしは、思《おも》わず声《こえ》をあげていた。やっぱりだ。ちゃんと伝《つた》わるんだ。じぶんのことみたいにうれしい。

「……ありがとうございます、ひびきさまっ。」

長《なが》い前髪《まえがみ》のすきまから、ミユキさんの最高《さいこう》の笑顔《えがお》がのぞいた。

「……ひびきさまのおかげで……あ、あれ、めまいが……。」

よほど、うれしかったんだろうな。もしくは、緊張《きんちょう》の糸《いと》が切《き》れてしまったのだろう。

「だいじょうぶか、貧乏神《びんぼうがみ》よ？」

死神《しにがみ》さんも、心配《しんぱい》そうに眉《まゆ》をよせる。

「……は、はい。だいじょうぶ、れす。」

だいじょうぶじゃない声《こえ》で言《い》った直後《ちょくご》、ミユキさんはふらりとよろけて――。

「うわああっ、ミユキさんっ！」

そのまま、気絶《きぜつ》してしまいましたとさ。

第《だい》3話《わ》

友《とも》だち百人《にん》はいらないな

○　チィちゃんとホットケーキ　○

「東堂《とうどう》さんってさ、空気読《くうきよ》めないよね。」

とつぜん声《こえ》が聞《き》こえて、わたしは、教室《きょうしつ》のとびらに手《て》をかけたまま動《うご》けなくなる。

「わかる、わかる。」

だれかが最初《さいしょ》の声《こえ》につづいた。

「いっつも、本《ほん》ばっかり読《よ》んでるし。」

「なんかさ、わたしは、みんなとはちがうんです、って感《かん》じしてイヤだよね？　えらそうっていうかさ。」

放課後《ほうかご》だった。手《て》には図書室《としょしつ》で借《か》りてきたばかりの本《ほん》があった。にぎりしめると、じんわりと、汗《あせ》が出《で》てくる。

ろうかには、わたししかいない。しずかだったから、教室《きょうしつ》のなかの声《こえ》がよく聞《き》こえる。

「先生《せんせい》に気《き》に入《い》られたいんじゃないの？」

「見《み》えすいてるよね。」

なんにも見《み》えていないじゃないか、と、わたしは心《こころ》のなかでだけ言《い》う。

口《くち》のなかが苦《にが》い。

「ねえ、東堂《とうどう》さんの席《せき》って、ここだっけ?」

だれかの声《こえ》。

「えいっ。」

「うわっ、上《うわ》ばきのあと、ついちゃってるじゃん。」

笑《わら》い声《ごえ》。胸《むね》が、ぢくっ、とする。

でも、だいじょうぶ。だいじょうぶ、と、じぶんに言《い》い聞《き》かせる。

わたしの心《こころ》はダイヤモンドでできているから。すごくかたいから、傷《きず》つかない。

平気《へいき》、平気《へいき》。こんなの、なんともない。

「よし。」と、口《くち》のなかで言《い》って、わたしは、とびらをあけた。


「ひびき?」

まぶたをひらくと、すぐ目《め》の前《まえ》にチィちゃんの顔《かお》があった。

「んん……チィちゃん？　あれ、どうしたの？」

チィちゃんは、わたしの上《うえ》にのっかって、じっと、わたしを見《み》おろしている。

「レイジにちゃんと言《い》ってきたの。ひびきと遊《あそ》んでくるね、って」

「そっか。ごめんね、わたし眠《ねむ》ってた。ふわぁ。」

にゅるにゅる動《うご》いて、目覚《めざ》まし時計《どけい》を手《て》にする。時間《じかん》を見《み》たら、朝《あさ》の六時前《じまえ》だった。

は、はやすぎるよ、チィちゃん。

「ねえねえ、ひびき。」

ぴとっ、とチィちゃんのちっちゃい手《て》が、わたしのほっぺに当《あ》てられる。

「ひびきね、なんだか、うーって顔《かお》してたの。」

チィちゃんは「うー。」を表現《ひょうげん》するように、顔《かお》をくしゃっとさせた。

「だいじょうぶ？」

「……うん。なんでもないよ。ちょっと、暑《あつ》くて寝苦《ねぐる》しかっただけ。」

わたしは、手《て》をのばして、チィちゃんのふわふわの髪《かみ》の毛《け》をかきまわす。

それから、ぐいっと起《お》きあがった。

そうすると、わたしの上《うえ》にのっかっていたチィちゃんは、ころん、と転《ころ》がる。

「たぶん、朱音《あかね》さんは、まだ寝《ね》てるから、朝《あさ》ごはんを用意《ようい》しよう。手伝《てつだ》ってくれる？」

「朝《あさ》ごはん？　つくるの、つくるのっ。」

よし、だいじょうぶ。だいじょうぶ。わたしは、だいじょうぶだ。

さっきのは、ただの夢《ゆめ》。どうってことない。

わたしは、チィちゃんと手《て》をつないで部屋《へや》を出《で》た。


流《なが》しで手《て》を洗《あら》ってから、ボウルと泡《あわ》だて器《き》を用意《ようい》する。

「なにつくるの、ひびき？　なにつくるの？」

チィちゃんは、わたしのとなりで、ぴょこたん、ぴょこたん、とびはねた。

「ホットケーキだよ。いちごジャムをのせて食《た》べるんだ。」

チィちゃんは、まんまるな目《め》をキラキラかがやかせた。

「なにしたらいいの？　チィは、なにするの？　なんでもできるよ？」

「よし。チィちゃんには、材料《ざいりょう》をまぜてもらおう。」

「わかったの。」

「まずは、たまごと牛乳《ぎゅうにゅう》をよくまぜて、だって。」

ホットケーキミックスの箱《はこ》のうらに書《か》いてある。

わたしはボウルに、たまごと牛乳《ぎゅうにゅう》を入《い》れた。

「お願《ねが》いね、チィちゃん。」

「ふなーっ。」

チィちゃんは、泡《あわ》だて器《き》を、ぐっとにぎりしめて、カシャカシャかきまわしはじめた。

「うん、そんな感《かん》じ。ありがと。」

つづいて、ボウルのなかにホットケーキミックスをくわえる。

「こんどは、あんまり、まぜないでだいじょうぶみたい。」

「まかせるの。ふなーっ。」

カシャカシャカシャカシャカシャカシャ……。

いや、それだと、まぜすぎだな。ま、いっか。

そのあいだに、わたしはプチトマトとちぎったレタスを洗《あら》い、うつわに、ひょいひょいと盛《も》りつけた。

「よし、チィちゃん。次《つぎ》は焼《や》いていこう。」

チィちゃんが、まぜてくれたホットケーキの生地《きじ》を、バターをひいたフライパンの上《うえ》でまるく広《ひろ》げる。ふぅわりと甘《あま》い香《かお》りがした。

これだけで、ちょっと、しあわせな気持《きも》ちになる。

「ぽこぽこしてきたのっ。」

「うん。ひっくりかえさないとね。」

「チィがやるの。チィにやらせて。ここは、チィの出番《でばん》っ！」

「ちょっと待《ま》って。台《だい》を持《も》ってくるから。」

小《ちい》さなチィちゃんのために、足場《あしば》を用意《ようい》してあげる。それから、フライ返《がえ》しも。

「はい。ヤケドしないように気《き》をつけてね。」

しんけんな顔《かお》をしたチィちゃんは、ぎゅっとフライ返《がえ》しをにぎりしめて、「むんっ！」と気合《きあい》を入《い》れながら、ホットケーキをひっくりかえした。

「じょうず、じょうず。」

いい感《かん》じにキツネ色《いろ》だ。おいしそう。

チィちゃんが手伝《てつだ》ってくれたから、ホットケーキはすぐに完成《かんせい》した。

わたしは、冷蔵庫《れいぞうこ》からいちごジャムをとりだす。

そしたら、ふと、チィちゃんにマーマレードジャムを食《た》べさせたときのことを思《おも》いだした。

あのとき、チィちゃんは「苦《にが》いの。」と言《い》って、顔《かお》をくしゃくしゃにさせてしまったんだった。

「ねえ、チィちゃん。あーん。」

スプーンで、いちごジャムをひとすくいして、チィちゃんにむける。

「わーいなの。」

チィちゃんは、はむり、とスプーンを口《くち》に入《い》れた。

「あまーい。」

そんなやりとりをしていると、朱音《あかね》さんが、二階《かい》からおりてきた。

「おはよーっす。ひびき、はやいじゃん。」

朱音《あかね》さんは、『ひびき命《いのち》』と手《て》がきされた、はずかしすぎるT《ティー》シャツに、ショートパンツ姿《すがた》だった。いつもキレイな髪《かみ》の毛《け》は、ちょっとだけ寝《ね》ぐせがついている。

「おはようございます、朱音《あかね》さん。」

チィちゃんは、しゅぴっ、とわたしのうしろにかくれた。

「お、おはようなの。」

でも、チィちゃんの声《こえ》は朱音《あかね》さんには聞《き》こえていない。霊感《れいかん》がないからだ。

少《すこ》し残念《ざんねん》。

朱音《あかね》さんなら、きっと、チィちゃんと仲《なか》よしになれるのにな。

「お。朝《あさ》めし、できてんじゃん。めっちゃ、いいにおい。」

わたしと朱音《あかね》さんは、むかいあって、朝《あさ》ごはんを食《た》べた。

たまに、チィちゃんが、手《て》をのばして、もしゅもしゅ、とホットケーキをほおばっていたけど、朱音《あかね》さんは、ぜんぜん気《き》づいていなかった。

「そういや、ひびき。今日《きょう》はお出《で》かけだっけか？」

昨日《きのう》の夜《よる》に、朱音《あかね》さんに伝《つた》えておいたのだ。

「絵理乃《えりの》ちゃんの誕生日《たんじょうび》が、そろそろだから、プレゼント買《か》おうと思《おも》って。」

「絵理乃《えりの》ちゃんっつーのは、どっちだっけ？」

朱音《あかね》さんが、指《ゆび》についたジャムをぺろりとなめながら言《い》った。

「前髪《まえがみ》の長《なが》いセーラー服《ふく》の子《こ》？　それとも、ふたつむすびのオシャレさん？」

「ふたつむすびのほうです。」

「あの子《こ》か。元気《げんき》にあいさつできる、いい子《こ》だったな。そっか、そっか。ちゃんと、友《とも》だち、つくってんのか。」

横《よこ》っちょで、チィちゃんが、「チィもね、友《とも》だちなの。ひびきと、チィも、友《とも》だちなんだよっ。」と、声《こえ》をあげているけれど、それは朱音《あかね》さんの耳《みみ》にはとどかないのだ。

「うしうし。」

朱音《あかね》さんが手《て》をのばして、わたしの頭《あたま》をこねくり、こねくりと、なでる。

わたしはなんとなく、はずかしくて、コップの牛乳《ぎゅうにゅう》を、くぴくぴと飲《の》んだ。

「車《くるま》、出《だ》してやろうか？」

朱音《あかね》さんの愛車《あいしゃ》は、白《しろ》くてまるい、かわいい車《くるま》だ。

「あ、平気《へいき》です。おしごとジャマしたくないし。」

「なんだよ、えんりょすんなよ。」

チィちゃんが、わたしの服《ふく》をくいっとひっぱる。

「チィもいってもいい？」

わたしは、左手《ひだりて》で小《ちい》さくオーケーの合図《あいず》を送《おく》った。

「やっぱり、ひとりでいってきます。」

「そっか。わかった。まあ、車《くるま》とか、ひとごみとか気《き》をつけろよ。」

○ プレゼント選《えら》び ○

というわけで、わたしとチィちゃんは、ショッピングモールにきていた。

このあいだ、貧乏神《びんぼうがみ》のミユキさんたちと、レターセットを買《か》いにきたところだ。ここには、いろいろなお店《みせ》がテナントとして入《はい》っているので、プレゼントを選《えら》ぶのに、ちょうどいいと思《おも》ったのだ。

夏休《なつやす》みだから、ショッピングモールには、たくさんのひとがいた。

チィちゃんが、わたしの腰《こし》に、ぎゅむっとだきついてくる。

「知《し》らないひとが、たくさんいるの。」

「うん。でも、こわくないよ？」

チィちゃんを、ひょいとだきあげる。

いつもながら、チィちゃんは、やわらかくて、あたたかくて、甘《あま》い香《かお》りがした。

「……ひびきは、なにを買《か》うの？」

「絵理乃《えりの》ちゃんは、わたしと同《おな》じで本《ほん》が好《す》きだから、読書《どくしょ》に関係《かんけい》あるものがいいかな。」

ショッピングモールには、大《おお》きな本屋《ほんや》さんもある。

まずは、そこにむかうことにした。

………。

……。

…。

迷《まよ》う。道《みち》に迷《まよ》ったというわけじゃなくて、なにをプレゼントするかってことでね。

わたしが選《えら》んだ本《ほん》を贈《おく》ってもいいけど、同《おな》じものを持《も》っていたらわるい。

だからって、好《す》きなの買《か》いなよって、図書《としょ》カードをわたすのでは味気《あじけ》ないと思《おも》う。

わたしは、誕生日《たんじょうび》に朱音《あかね》さんから図書《としょ》カードをもらったけど、それは、わたしがお願《ねが》いをしたからだし。

絵理乃《えりの》ちゃんなら、ブックカバーやしおりでも、きっとつかってくれると思《おも》うけど、「これ以外《いがい》ありえない！」というものは、見《み》つけられなかった。

「プレゼントって、むずかしいな。」

母《はは》の日《ひ》や、父《ちち》の日《ひ》のプレゼントだったら、もうちょっとかんたんに決《き》められるのに。

それはたぶん、わたしが、お母《かあ》さんや、お父《とう》さんのことをよく知《し》っているからなんだ。

絵理乃《えりの》ちゃんは、友《とも》だちだけど、なんでもかんでも知《し》っているわけじゃない。

それに、ヘンなものをわたして、つまんない子《こ》だと思《おも》われたくなかった。

「チィはね、あれがいいと思《おも》うの。」

指《ゆび》さしているほうを目《め》で追《お》いかけてみる。

そこは家電《かでん》コーナーで、たくさんの冷蔵庫《れいぞうこ》がならんでいた。

「え、なんで⁉」

「暑《あつ》いときに、なかに入《はい》ると、ひやっとして気持《きも》ちいいの。」

「入《はい》っちゃダメだよ。あぶないよ。」

チィちゃんは、こてん、と首《くび》をかしげる。

というか、高《たか》くてわたしのおこづかいじゃ買《か》えないし、買《か》えたとしても、誕生日《たんじょうび》プレゼントに冷蔵庫《れいぞうこ》をもらったら、リアクションにこまると思《おも》う。

わたしは、頭《あたま》のなかで、絵理乃《えりの》ちゃんの姿《すがた》を思《おも》いうかべてみた。

いつもオシャレで、かわいい女《おんな》の子《こ》。よく髪《かみ》をむすんでいるから、髪《かみ》どめや、ピンなんていいかもしれない。あ、でも、絵理乃《えりの》ちゃんのシュミじゃなかったら、どうしよう。

「うーん。とりあえず、次《つぎ》は文房具《ぶんぼうぐ》のお店《みせ》にいってみようか。」

チィちゃんに、そう告《つ》げたときだ。

「あれ、もしかして東堂《とうどう》さん？」

急《きゅう》に名前《なまえ》を呼《よ》ばれて、わたしはふりかえった。

「あ。」

そこにいたのは、前《まえ》の学校《がっこう》でクラスメイトだった女《おんな》の子《こ》たちだった。四人《にん》いる。

「東堂《とうどう》さんって、このへんにひっこしたんだ？」

「うっわ。すっごい、ぐうぜんじゃない？」

「あたしたち、夏休《なつやす》みだから、遊《あそ》びにきてるの。ミッちゃんの、おばあちゃんの家《いえ》が近《ちか》くで、泊《と》めてもらってるんだー。あとで、海《うみ》に泳《およ》ぎにいく予定《よてい》。」

次々《つぎつぎ》と言葉《ことば》がとんできて、わたしは、とまどった。

「そうだ。せっかくだからさ、いまから、いっしょにごはん食《た》べない？」

『ミッちゃん』が提案《ていあん》する。

「ええー、東堂《とうどう》さんと?」

「ひさしぶりだし、いいじゃん。」

へんじをするタイミングがわからなくて、四人《にん》を見《み》つめかえしていると、ひとりが、ふしぎそうに言《い》った。

「っていうかさ、さっき、なんで、ひとりごとしゃべってたの?」

ほかの三人《にん》がくすくす笑《わら》う。

「やっぱ、東堂《とうどう》さんってかわってるよね。あ、かわってるって、言《い》われたいとか?」

「みんなとちがう、じぶん、かっこいい、なんて、イタいからやめなって。」

こんどは、四人《にん》の笑《わら》い声《ごえ》がかさなる。

みぞおちのあたりが、ひどく重《おも》たい。今朝《けさ》、チィちゃんとつくって食《た》べたホットケーキが、カチコチの石《いし》ころになってしまって、それが、お腹《なか》のなかにつまっているみたいな気《き》がした。まるで、『赤《あか》ずきん』に出《で》てくるオオカミのように。

「まあ、いいや。ほら、いこうよ、フードコート。そろそろ、こんじゃうから。」

「……わたしは、ちょっと用事《ようじ》があるから。ごめん。」

やっと、わたしは、さそいを断《ことわ》る言葉《ことば》を口《くち》に出《だ》せた。

でも、その声《こえ》はわたしのじゃないみたいだった。

「なんで、なんで？　せっかく、さそってあげてるのに。」

「でも、友《とも》だちの誕生日《たんじょうび》プレゼント買《か》いにきて、まだ、選《えら》べてないから。」

わたしのへんじに、四人《にん》はおどろいたような顔《かお》をした。

「えっ、東堂《とうどう》さん、友《とも》だちいるの？」

「ウソー。それ、本物《ほんもの》？」

「あ、さっきのひとりごとって、もしかして、そういうことだったりして。見《み》えない友《とも》だちがいるとか？」

わたしは、『ポビーとディンガン』を思《おも》いだした。

ポビーもディンガンも、ケリーアンにしか見《み》えない空想《くうそう》の友《とも》だちだ。

わたしは、チィちゃんを見《み》おろした。チィちゃんは、ちっちゃな手《て》でわたしの手《て》をにぎりしめてくれている。とても強《つよ》く。それは、なんだか命綱《いのちづな》みたいだった。

「チィ、このひとたち、キライなの。」

すべすべのミケンに、くっきり、しわができていた。ふくふくのほっぺが、なんだか赤《あか》みをおびている。わたしのために、チィちゃんは怒《おこ》ってくれている。

「ひびき、もう、いこう？」

くいくいと、ひっぱられた。

「……うん。」

わたしはチィちゃんにうなずいてみせる。

その動作《どうさ》は、きっと、四人《にん》にはヘンなふうに見《み》えたんだろうな、と思《おも》った。

でも、まあ、そんなのどうでもいい。

このひとたちに、どんなふうに思《おも》われたって、わたしは平気《へいき》だ。

なんともない。なんともない。なんともない。

「ごめんね。わたし、もういかないと。」

それだけ言《い》って、わたしは、むかしのクラスメイトたちの前《まえ》から立《た》ち去《さ》った。

○ 酢豚《すぶた》のパイナップル ○

「あんなひとたち、チィがね、やっつけちゃうよ。チィが本気出《ほんきだ》せば、もうね、あんなひとたちね、いなくなっちゃうの。」

「うん、そうだね。」

わたしは、チィちゃんにうなずいてみせた。

太陽《たいよう》が傾《かたむ》きはじめて、空《そら》にうすく紫《むらさき》がまじる。

まだセミは鳴《な》いていて、空気《くうき》はじっとりとしめっていた。

そこは、福神堂《ふくじんどう》のまん前《まえ》だった。

チィちゃんは、不安《ふあん》そうにわたしを見《み》あげ、ぎゅっと手《て》をにぎってくれる。

「ひびき、お腹痛《なかいた》いの？」

「……ううん。平気《へいき》だよ。心配《しんぱい》してくれて、ありがとう。」

その場《ば》でしゃがんで、チィちゃんのほっぺに、じぶんのほっぺをくっつける。

あのあと、けっきょく、わたしは、絵理乃《えりの》ちゃんへの誕生日《たんじょうび》プレゼントを買《か》うことができなかった。

なぜだか、足《あし》にも、手《て》にも、ちゃんと力《ちから》が入《はい》らなかったのだ。ベンチにすわって、ソフトクリームを食《た》べてみたけど、苦《にが》いばっかりで、ちっともおいしくなかった。

「えっと、じゃあ、わたしは、もう帰《かえ》るね。レイジさんに、よろしくね。」

チィちゃんに告《つ》げて、立《た》ちあがる。ちょっとだけ、めまいがした。

「そんなー、ひびきさん。冷《つめ》たいじゃないですかー。」

「うわっ!?」

福神堂《ふくじんどう》のガラス戸《ど》に、五センチくらいのすきまができていて、そこからレイジさんが顔《かお》をのぞかせている。

「ぼくに、会《あ》っていってくれればいいのに。福神《ふくじん》づけと、カレーもありますよ。」

「お、おどろかせないでくださいよ。」

「ほら、びっくりすると、しゃっくりがとまるって、よく言《い》うじゃないですか。」

チリン、チリン、と鈴《すず》の音《おと》をさせて、レイジさんが出《で》てきた。

「わたし、べつに、しゃっくりなんてしてません。」

「そうですね。」

レイジさんは、にっこりと笑《わら》う。

ぜんぶ見《み》ぬいていそうな笑顔《えがお》に、ドキリとした。

レイジさんは、福《ふく》の神《かみ》のチカラをつかって、ひとの心《こころ》を読《よ》むことができる。

いまのわたしの心《こころ》のなかも、すべて見《み》えてしまうにちがいない。

「だから、ぼくに会《あ》わずに、帰《かえ》ろうとしていたんですか？」

やっぱり、のぞかれてたんだ。わたしは、思《おも》わず、レイジさんをにらんでいた。

「そういうの、プライバシーの侵害《しんがい》っていうんですよ。やめてください。」

思《おも》っていたより、きつい声《こえ》になってしまった。

「そのとおりですね。すみません。いまのは、ぼくがいけませんでした。」

レイジさんは、あっさりと認《みと》めて頭《あたま》をさげる。

なんだかイライラした。レイジさんの笑顔《えがお》を見《み》ていたくない。頭《あたま》のなかが、ぐるぐるする。お腹《なか》のなかにあった石《いし》ころが、頭《あたま》にまで転《ころ》がってきてしまったみたいだ。

「わたし……もう帰《かえ》りますので。」

それだけ言《い》って、わたしは、かけだした。

うしろから、チィちゃんの声《こえ》が聞《き》こえたけど、わたしは立《た》ちどまらずに家《いえ》まで走《はし》った。


夕《ゆう》ごはんは、朱音《あかね》さん特製《とくせい》酢豚《すぶた》だった。酢豚《すぶた》に入《はい》っているパイナップルが、キライなひとも多《おお》いらしいけれど、わたしは、けっこう好《す》きだ。

お母《かあ》さんがつくってくれる酢豚《すぶた》にも入《はい》っている。

お母《かあ》さんの手《て》は、魔法《まほう》の手《て》だ。

料理《りょうり》も、裁縫《さいほう》も、掃除《そうじ》も、ものすごくじょうずにできてしまう。

ただ、お父《とう》さんは、酢豚《すぶた》にパイナップルが入《はい》っていると、いつも小声《こごえ》で文句《もんく》を言《い》っていた。はしっこによけて、「ひびき、食《た》べたいか?」って、聞《き》くのだ。

朱音《あかね》さんの料理《りょうり》は、お母《かあ》さんに負《ま》けないくらい、おいしい。

だから、いつもなら、ぺろりと食《た》べてしまえるのに……。

「あれ、ひびき、どうした? あんま、おいしくなかった?」

むかいあってごはんを食《た》べている朱音《あかね》さんにたずねられる。

「ううん。すごく、おいしいです。でも……昼間《ひるま》、ソフトクリーム食《た》べちゃって、そのせいで、お腹《なか》すいてないのかも。」

ウソじゃない。わたしは、ソフトクリームを食《た》べた。

でも、前《まえ》の学校《がっこう》の子《こ》たちに会《あ》ったことは言《い》わない。

朱音《あかね》さんに知《し》られたくなかった。朱音《あかね》さんが好《す》きだから。

ごろごろと、石《いし》ころが体《からだ》のなかを転《ころ》がってる。

「……ごめんなさい。」

せっかく、朱音《あかね》さんがつくってくれたのに、こんなに残《のこ》してしまった。

「なに、あやまってんだよ。気《き》にすんなっての。無理《むり》して食《た》べたら、おいしくないだろ？」

ひびきは、ふだん、なんでもちゃんと食《た》べるんだから、たまにはしょうがないよ。」

朱音《あかね》さんが手《て》をのばして、わたしのほっぺをつんとつついた。

「あたしがさ、小学生《しょうがくせい》のときとか、センセーがサイアクでさ、給食《きゅうしょく》はぜんぶ食《た》べないと、昼休《ひるやす》みにならないんだよ。みんな遊《あそ》んでんのに、教室《きょうしつ》にひとりで残《のこ》されて、最後《さいご》のひと口《くち》まで食《た》べないといけなかったんだ。そんなん、もっと、キライになっちまうっつーの。」

「……朱音《あかね》さんも、好《す》きキライあったんですか？」

「あたしは、酢豚《すぶた》のパイナップルが大《だい》キライだったんだ。」

ニカッと朱音《あかね》さんは笑《わら》う。

「なんで、フルーツがあったかいんだよ、ゆるせん、って思《おも》ってた。これで、ごはんを食《た》べるとか、ありえんだろ、ってな。」

言《い》いながら、もりもりと、わたしのぶんの酢豚《すぶた》までほおばる。

「あれは、ただの思《おも》いこみだな。思《おも》いこみは、ひとの心《こころ》をせまくする。酢豚《すぶた》のパイナップルを食《た》べないなんて、人生《じんせい》の半分《はんぶん》はソンしてると言《い》っても過言《かごん》ではない。」

それは言《い》いすぎだと思《おも》う。


けっきょく、わたしは、夕《ゆう》ごはんをちょびっとしか食《た》べられなかった。お皿洗《さらあら》いを手伝《てつだ》って、それから部屋《へや》にもどろうとすると、朱音《あかね》さんが、わたしを呼《よ》びとめた。

「なあ、ひびき。」

「……はい。」

朱音《あかね》さんは、わたしのほうを見《み》ず、なんでもないことのように、しぜんに言《い》う。

「なんかあったらさー、なんでもあたしに言《い》えよ？　ひびきは、すげーしっかりしてるけど、まだ小学生《しょうがくせい》なんだ。ひとりでかかえるには、ちっと重《おも》いな、ってもんもあると思《おも》うんだ。でさ、そういうのを、いっしょに持《も》ってやんのが、あたしの役目《やくめ》だ。」

「……ありがとうございます。」

「ん。」

ぺこん、と頭《あたま》をさげてから、わたしは階段《かいだん》をかけあがった。

部屋《へや》に入《はい》って、ベッドにたおれこむ。体《からだ》がダルかった。石《いし》ころがつまっているというより、わたし自身《じしん》が、石《いし》ころになってしまったみたいな感《かん》じ。

目《め》をとじて、まくらに顔《かお》をおしつける。じょうずに息《いき》ができない。わたしを傷《きず》つける、いろいろな言葉《ことば》が、心《こころ》をあぶって、ぼこぼこ、毒《どく》のあぶくを立《た》てる。

——思《おも》いこみは、ひとの心《こころ》をせまくする。

朱音《あかね》さんはそう言《い》ってた。わたしもそう思《おも》う。だけど——。

「……人間《にんげん》なんかキライだ。」

声《こえ》に出《だ》してみた。モコさんのセリフみたいだな、と思《おも》った。

どうしちゃったんだろう。わたしって、こんなに弱《よわ》かったっけ……。


「うー。」


その日《ひ》、わたしはお風呂《ふろ》に入《はい》らなかった。

服《ふく》も着替《きか》えていなかったし、歯《は》もちゃんと、みがけなかった。

汗《あせ》をかいていたから気持《きも》ちわるかったし、虫歯《むしば》にだってなりたくないのに。

でも、わたしは、まくらに顔《かお》をおしつけたまま眠《ねむ》ってしまった。

そして、次《つぎ》の日《ひ》の朝《あさ》は、ちゃんと起《お》きられなかった。

いまのわたしの体《からだ》は、きっと、すきだらけだったにちがいない。

ウィルスたちの猛攻撃《もうこうげき》を受《う》けてしまった。

戦闘準備《せんとうじゅんび》をおこたったわたしは、それはもうあっさりと、白《しろ》ハタをあげた。

つまり、風邪《かぜ》をひいてしまったのだ。

○　最弱《さいじゃく》モード1　○

「よし、これ、飲《の》んどけ。」

朱音《あかね》さんが、スポーツドリンクの入《はい》ったグラスにストローをさしてわたしてくれる。

ちゅっ、と吸《す》ったスポーツドリンクは、ぬるくて、苦《にが》かった。ぬるいほうが、お腹《なか》にはやさしい。苦《にが》いのは、わたしの舌《した》が、風邪《かぜ》をひいたせいでおかしくなっているからだ。

熱《ねつ》は三十八度《ど》あった。

頭《あたま》が痛《いた》くて、鼻水《はなみず》が出《で》て、体《からだ》に力《ちから》が入《はい》らなくて、目《め》がしょぼしょぼする。

「ほれ、これも。」

ひやっとした。おでこに、熱《ねつ》を冷《さ》ますためのシートをくっつけられたのだ。

かたくしぼったタオルで全身《ぜんしん》をふかれて、服《ふく》もパジャマに着替《きか》えさせられた。

わたしは、ぐんにゃりして、ベッドに横《よこ》になる。

弱《よわ》った体《からだ》に、クーラーはよくないからって、朱音《あかね》さんが扇風機《せんぷうき》を持《も》ってきてくれた。ぱたぱたぱた、と音《おと》を立《た》てながら、羽《はね》が回転《かいてん》している。

「いちおう、おかゆ、つくるけど、ほかに食《た》べたいもんあるか？　買《か》ってくるぞ？」

朱音《あかね》さんが、わたしの顔《かお》をのぞきこんだ。

「なにも、食《た》べたく、ないです。」

「風邪《かぜ》ひいてたら、そうなるわな。でも、食《た》べんと回復《かいふく》しないぞ。ま、てきとうに、スーパーで買《か》ってくる。ゼリーとかアイスなら、いけるかな。」

「……ごめんなさい。めいわくかけて。」

ああ、なんだかこれは、ミユキさんのセリフみたいだな、と思《おも》う。

「めいわくなことなんて、あるもんか。」

朱音《あかね》さんが、わたしの左右《さゆう》のほっぺを、ぷにぷにつまんだ。

「ひびきは、ちょっと手《て》が、かからなすぎるんだ。少《すこ》しくらい、かまわせろよ。んじゃ、すぐもどるからな。でも、なんかあったら、あたしに電話《でんわ》すんだぞ。」

そう言《い》って、朱音《あかね》さんは、いつもはリビングに置《お》いている電話《でんわ》の子機《こき》を、わたしのまくらもとに置《お》いていった。

わたし以外《いがい》、だれもいない家《いえ》のなかは、しずかだ。

扇風機《せんぷうき》の音《おと》と、窓《まど》の外《そと》から、くぐもったセミの合唱《がっしょう》が聞《き》こえてくるだけ。

目《め》をつむる。眠《ねむ》くはなかったけど、ぼーっとしてしまう。なんだか、すべてが夢《ゆめ》みたいにあいまいな感《かん》じがした。わたしの体《からだ》が、わたしのものじゃないみたいだった。

「ひびき？」

とつぜん、名前《なまえ》を呼《よ》ばれる。

ベッドの上《うえ》で、もぞもぞ動《うご》いて、首《くび》だけ、むくっと起《お》こすと、チィちゃんがそばに立《た》っているのがわかった。

「……チィちゃん。」

「あのね、昨日《きのう》ね、ひびき、元気《げんき》なかったから、それでね、会《あ》いにきたの。でも、ひびき、今日《きょう》も元気《げんき》ないの……。」

チィちゃんは、へにょんと眉《まゆ》をたれさげる。

「うん。ごめんね。わたし、風邪《かぜ》ひいちゃったんだ。」

「かぜ？」

わたしは、腕《うで》をのばして、ティッシュをとって、ちーん、とはなをかんだ。

「んん。具合《ぐあい》がわるいの。だから、今日《きょう》はいっしょに遊《あそ》べない。」

「ひびきっ、死《し》んじゃうの？」

チィちゃんが、大《おお》きな目《め》にじわっと涙《なみだ》をうかべる。わたしの手《て》を、ぎゅっとつかんだ。

「ひびき、死《し》んじゃイヤなのっ！」

「だ、だいじょうぶだよ。死《し》んだりしないよ。少《すこ》し寝《ね》てれば二、三日《にち》でなおるから。ただの風邪《かぜ》だし。」

「チィ、レイジを呼《よ》んでくるのっ！」

「え？」

「レイジなら、福《ふく》の神《かみ》だから、かぜなんて、すぐなおしちゃえるのっ。」

そう言《い》うと、チィちゃんは、ぴゅっ、と部屋《へや》をとびだしていった。

「あ、チィちゃん――。」

待《ま》って、と言《い》いながら、起《お》きあがろうとして、でも、目《め》の前《まえ》がぐにゃぐにゃして、わたしは、ベッドの上《うえ》で、ぼふんと、たおれた。

「……頭《あたま》、痛《いた》い。」

心臓《しんぞう》が、どくん、どくん、というたびに、こめかみが、ずきん、ずきん、と痛《いた》む。

チィちゃんは、どこから入《はい》ってきて、どこから出《で》ていったのだろう？

朱音《あかね》さんは、戸《と》じまりしていったはずだ。ツクモは、そんなの関係《かんけい》ないのかな。前《まえ》も勝《かっ》手《て》に入《はい》りこんでいたことがあったし、どうとでもなるものなのかもしれない。

そういう、どうでもいいことが、頭《あたま》をよぎった。

チィちゃんは、レイジさんを呼《よ》んでくる、と言《い》っていたけど、それは、たぶん無理《むり》だと思《おも》う。レイジさんは、福神堂《ふくじんどう》からはなれられないから。

わたしは、ぬるぬる動《うご》いて、眠《ねむ》る体勢《たいせい》にもどり、目《め》をつむる。

「……うー。」

べつに、眠《ねむ》くなんてなかったはずなのに、わたしは、ほんのちょっとだけ、眠《ねむ》ったみたいだった。

○ 最弱《さいじゃく》モード2 ○

「おまえさー、なにやってんだよ？」

ふいに男《おとこ》の子《こ》の声《こえ》がした。目《め》をあけると、そこは葵野《あおいの》小学校《しょうがっこう》の五年《ねん》二組《くみ》の教室《きょうしつ》だった。

わたしは、じぶんの席《せき》にすわっていた。窓《まど》があいていて、風《かぜ》がカーテンをゆらしている。

「……え、あれ？」

おかしい。こんなの、ぜったいおかしい。だって、わたしは、風邪《かぜ》をひいて、いままでベッドで横《よこ》になっていたはずなのだから。

おでこには、シートもはってなかったし、服《ふく》もパジャマじゃなかった。

「だから、夢《ゆめ》のなかのほうが楽《らく》だって言《い》っただろ？」

声《こえ》がするほうに目《め》をむける。

「あっ。」

わたしは、おどろいてしまった。

そこに立《た》っていたのは、くりっとした目《め》に、ツンツン髪《がみ》をした、なんだかハリネズミみたいな男《おとこ》の子《こ》だったからだ。前《まえ》に、わたしの夢《ゆめ》を食《た》べた、バクのエイタくんだった。

「なんで、エイタくんが……。どういうこと？」

エイタくんは、ポケットに手《て》を入《い》れて、にひっ、と笑《わら》う。

「安心《あんしん》しろよ。べつに、わるさをしようってわけじゃない。」

「あ、うん。それは心配《しんぱい》してないけど。」

「……なんだよ、おれはアヤカシだぞ。ちょっとは不安《ふあん》がれよ。」

安心《あんしん》すればいいのか、不安《ふあん》がればいいのか、どっちなんだ。

「あれ、そういえば、頭《あたま》、痛《いた》くない。」

鼻水《はなみず》も出《で》てこないし、体《からだ》も重《おも》たくなかった。

「ここは夢《ゆめ》のなかだからな。」

エイタくんは、わたしの前《まえ》の席《せき》に、うしろむきにすわった。

「……夢《ゆめ》？　わたし、また夢《ゆめ》のなかにいるの？　なんで？」

そういえば、暑《あつ》くもなかった。セミの鳴《な》き声《ごえ》もしない。しずかだ。

「福《ふく》の神《かみ》んとこのちびっこが、大《おお》さわぎしてるんだよ。」

「ちびっこ……チィちゃんのこと?」

「ああ。『ひびきが死《し》んじゃう、助《たす》けて!』って、あちこちで泣《な》いてるぞ。」

「え!?」

死《し》なないって言《い》ったのに。ただの風邪《かぜ》だから平気《へいき》だって。

「だから、ちょっと心配《しんぱい》になって見《み》にきたんだ。」

「心配《しんぱい》?」

わたしが首《くび》をかしげると、エイタくんは、うろたえる。

「な、なんだよ。おれが、おまえの心配《しんぱい》したら、わるいのかよ?」

とつぜん、胸《むね》が、ぎゅるってした。

「お見舞《みま》いに、きてくれたんだ?」

エイタくんは、そっぽをむいて、ふん、と鼻《はな》で笑《わら》う。

「ただの風邪《かぜ》じゃないか。無茶《むちゃ》しなければ死《し》なないだろ。」

「うん。」

エイタくんは、ポケットから手《て》をぬいて、指《ゆび》でつくったピストルをわたしにむける。

「おまえさ、また、ケガふえてるぞ。ふえてるっていうか、とじかけてたところが、ひらいちゃった感《かん》じか。」

わたしは、胸《むね》をおさえた。夢《ゆめ》のなかでも、心臓《しんぞう》は、とく、とく、と動《うご》いている。

「……エイタくんには、見《み》えちゃうんだ？」

「アヤカシは、ひとの心《こころ》のすきにつけこむのがうまいんだよ。そういうのを見《み》るチカラってのを持《も》ってる。おれは、弱《よわ》ってる人間《にんげん》を見《み》つけて、夢《ゆめ》を見《み》させて、思《おも》い出《で》を食《た》べる。」

ちょっと、わるものっぽい顔《かお》をして、エイタくんは、にひっ、と笑《わら》う。

「わたし、はじめて会《あ》ったときも、そんなに弱《よわ》ってた？」

「ふっ、て息《いき》をふきかけたら、とんでいきそうだった。」

「そんなに。」

「あのな、そもそも、おれの姿《すがた》は、ふつうのやつには見《み》えないんだよ。」

「それは、わたしが福《ふく》の神《かみ》の弟子《でし》だから。」

あのときは、まだ、(仮《かり》) だったけど。

「そうじゃない。それも、まあ、そうなんだけど、ちがうんだ。言《い》っただろ？　アヤカシは心《こころ》のすきにつけこむ。たとえば、この世《よ》に愛着《あいちゃく》とかなくて、だれのことも、じぶんのことも好《す》きじゃないやつとかな、そういうやつには、おれたちが見《み》えちゃうんだ。ふだんは霊感《れいかん》なんてなくても、だ。心《こころ》が健康《けんこう》なやつは、どんなに見《み》たくても見《み》えない。でも、見《み》えちゃうやつは、見《み》たくなくても見《み》ちまう。生《い》きるのがヘタなやつとかな。」

「わたし……。」

とちゅうで言葉《ことば》を見《み》うしなう。わたしは、なんて言《い》おうとしたんだろう？

ふん、とエイタくんは、また鼻《はな》で笑《わら》った。

「ほんとは、もう一度《いちど》、夢《ゆめ》の世界《せかい》にさそってやろうかと思《おも》って、きたんだ。いまなら弱《よわ》ってるから、かんたんに連《つ》れていける。……けど、やっぱりやめた。」

「……どうして？」

「目《め》を覚《さ》ませば、わかる。っていうか、わかれ。」

「んん。」

気《き》づくと、わたしはベッドの上《うえ》にいた。

これは現実《げんじつ》だ。体《からだ》が重《おも》いし、汗《あせ》もかいている。

「おっ。気《き》がつきよったニャ。」

にゅうっと、まっ白《しろ》なネコが、わたしの顔《かお》をのぞきこんでいた。

「……モコさん？」

ノドがイガイガする。

「ニャんや。死《し》にそうやっちゅーから、見《み》にきてみれば、ただの風邪《かぜ》やニャいか。」

チィちゃん、そんなに、あちらこちらで言《い》いふらしているのだろうか……。

「あんまし、心配《しんぱい》させせんニャや。」

モコさんの言葉《ことば》に、わたしはエイタくんのときと同《おな》じように、胸《むね》がぎゅるっとした。

「……モコさんも、心配《しんぱい》してくれたんですね。」

へんじはなくて、かわりに、モコさんのやわらかな肉球《にくきゅう》が、ぺとっと、わたしのほっぺにおしあてられる。

「まだ、熱《ねつ》は高《たか》いニャ。しっかり養生《ようじょう》せえ。」

「ありがとうございます、モコさん。」

わたしはモコさんのあごの下《した》を、ふしゃふしゃ、なでた。

「あー、そこそこ、気持《きも》ちええわ、プロフェッショニャル……って、ニャにすんねんっ！」

モコさんは、ぺしょん、とわたしの手《て》をたたいた。もちろん、痛《いた》くない。

わたしは、くすくす、笑《わら》ってしまった。

「ニャに笑《わろ》うてんねん。」

「なんか、おかしくて。あー、うー、笑《わら》うと頭《あたま》、痛《いた》い。」

でも、笑《わら》いはとまらない。

「ふん。そんだけ、笑《わら》えるニャら、すぐにニャおるやろ。」

そこで、モコさんの耳《みみ》が、ぴくん、と動《うご》いた。

「ニャんや、客《きゃく》がきたようやで。」

「……お客《きゃく》さん？」

「ほニャ、おれはいくわ。ちょお、よっただけやしニャ。」

モコさんは、二本《ほん》のしっぽをゆらしながら、ベッドからとびおりた。

「あの、モコさん。」

わたしは、上半身《じょうはんしん》だけ起《お》こす。

「ニャんや？　寝《ね》とけって。」

「また、会《あ》えますよね？」

「そんニャん――。」

ちょっとだけ、間《ま》をおいてから、モコさんが言《い》った。

「とうぜんやろ。」

ぽてぽて歩《ある》いて、モコさんは部屋《へや》を出《で》ていく。

次《つぎ》にあらわれたのは、タヌキ耳《みみ》を頭《あたま》にのせた、朱音《あかね》さんだった。

いやいやいや。

「どうだ、ちっとは楽《らく》になったか？」

タヌキ耳《みみ》の朱音《あかね》さんが、わたしのおでこにさわる。さらさらの髪《かみ》から、ぴょこんととびでるタヌキ耳《みみ》が、美人《びじん》の朱音《あかね》さんとミスマッチで、ちょっとかわいい。

「っていうか、ムジナくんですよね？」

「ご名答《めいとう》っ。」

どろん、と言《い》って、朱音《あかね》さんは、もふもふの毛《け》をした、ムジナくんの姿《すがた》にもどった。

「少《すこ》しは、だまされてくれても、よかったのに。礼儀《れいぎ》として。」

「わざと、タヌキ耳出《みみだ》してたじゃないですか。気《き》づきますよ、ふつう。」

「タヌキ耳《みみ》じゃないよ。ムジナ耳《みみ》だよ。」

わたしには、ちがいがわからない。

「ツクモの女《おんな》の子《こ》が、きみが死《し》にそうだって言《い》ってたから、様子《ようす》を見《み》にきたんだけど、思《おも》ったより、元気《げんき》そうだね、福《ふく》の神《かみ》の弟子《でし》。」

「ただの風邪《かぜ》です。おとなしく寝《ね》てれば、なおります。」

「それはよかった。」

ムジナくんは、ふくふくと笑《わら》った。

「それと、このあいだは、世話《せわ》になったね。あらためて礼《れい》を言《い》うよ。ありがとう。」

「わたし、なにもしていません。」

「ふむ。」

ムジナくんは、腕組《うでぐ》みをした。腕組《うでぐ》みというか、前足《まえあし》をくんだというか。

「きみも、永岡《ながおか》くんと、少《すこ》し似《に》ているよ。」

「……どこがですか？」

「永岡《ながおか》くんは、じぶんはだれにも好《す》きでいてもらえない、と思《おも》っていた。きみも、そういうところがある。」

「そんなこと……。」

「ウソをついてもダメさ。アヤカシは、心《こころ》のすきまを見《み》つけるのが得意《とくい》なんだから。」

エイタくんも、そんなことを言《い》っていた。

わたしは、「だれにも好《す》きでいてもらえない。」と、心《こころ》のなかでつぶやいてみる。

そんなことはないはずだ。お母《かあ》さんも、お父《とう》さんも、朱音《あかね》さんも、わたしを好《す》きって言《い》ってくれる。それを疑《うたが》ったことなんてない。

なのに……なぜだろう。胸《むね》が苦《くる》しい。

「人間《にんげん》はめんどうくさいね。アヤカシのほうが、ずっと楽《たの》しい。」

前《まえ》にも、ムジナくんは、似《に》たようなことを言《い》っていた。

「でもまあ、たまには、そうやって、くよくよするのもいいことなのかもしれない。」

「……くよくよ？」

「悲《かな》しみには、敏感《びんかん》であるべきだ。じぶんのだけでなく、ひとの悲《かな》しみも想像《そうぞう》できるようになれば、やさしくなれる。」

「……ムジナくんは、やさしいですね。」

「おもしろいことを言《い》うね。アヤカシはやさしくなんかないんだよ。みんな、じぶんのつごうばかりさ。ぼくだって、人間《にんげん》の暮《く》らしをマネしてみたかったから、永岡《ながおか》くんを利用《りよう》したんだしね。」

「……そういうことに、しておいてあげます。」

「生意気《なまいき》を言《い》えるようなら、問題《もんだい》なさそうだ。」

ムジナくんは、また、どろん、と言《い》って、朱音《あかね》さんの姿《すがた》になった。こんどは、タヌキ耳《みみ》なしのカンペキなスタイルだ……と思《おも》ったら、おしりから、しっぽが生《は》えていた。

ラブリーだな。

「ぼくは、もういくよ。だれかきたみたいだからね。じぶんがどれだけ好《す》かれているか、思《おも》い知《し》るといい。」

じゃあね、と言《い》って、ムジナくんは、しっぽを生《は》やした朱音《あかね》さんの姿《すがた》のまま、わたしの部屋《へや》から去《さ》っていった。

入《い》れかわりで、やってきたのは――。

「……ひ、ひびきさまっ！」

貧乏神《びんぼうがみ》のミユキさんだった。セーラー服《ふく》のスカートをひるがえらせて、ぱぱぱっと、かけよってくる。とちゅうで一回《かい》こけた。でも、むくっと起《お》きあがる。

「……ど、どど、どうしましょう。わたしのような者《もの》と友《とも》だちになったばかりに、ひびきさまが、このようなお姿《すがた》にっ。」

ミユキさんは、横《よこ》になっているわたしの首《くび》に、ひしっとだきついてきた。

「あ、いいえ、それは関係《かんけい》ないですから。っていうか、く、苦《くる》しい……。」

「……わわわっ。すみません、すみません。」

「小《ちい》さき者《もの》よ、勝手《かって》にあがらせてもらった。すまぬな。」

ミユキさんのうしろから、死神《しにがみ》さんが顔《かお》を出《だ》す。今日《きょう》もまっ黒《くろ》な服《ふく》を着《き》ていた。

「死《し》にひんしているというウワサを聞《き》いた。われのリストにのってはいないから、問題《もんだい》ないと思《おも》ったのだが、いちおうな。」

「ああ、はい。だいじょうぶです。ただの風邪《かぜ》ですから。」

「……ひびきさま。わたしにできることがあれば、なんでも言《い》ってください。」

ミユキさんが、わたしの手《て》をにぎりしめてくれる。とてもあたたかい。

「ありがとうございます。」

つづいて、死神《しにがみ》さんが手《て》をのばして、シートの上《うえ》から、わたしのおでこにふれた。

死神《しにがみ》さんの手《て》は、びっくりするほど冷《つめ》たかった。

「熱《ねつ》がある。三十八度《ど》、といったところか。」

「死神《しにがみ》さんの手《て》、冷《つめ》たくて気持《きも》ちいいです。」

「……うわわわっ、すみません、すみません。生《なま》ぬるい手《て》ですみません。」

「あ、ミユキさんの手《て》はやわらかくて、すべすべで好《す》きです。」

「……本当《ほんとう》ですか？」

涙目《なみだめ》のミユキさんが、わたしの顔《かお》をのぞきこんでくる。

「はい。」

「……あの、ですね、ひびきさま。わたし、ひびきさまのお役《やく》に立《た》ちたくて、ホウレンソウを買《か》ってきたんです。」

「ホウレンソウ？」

「……熱《ねつ》があるときにですね、ホウレンソウをおでこにのせておくと、熱《ねつ》をとってくれるんですよ。」

知《し》らなかった。なんか、それ、おばあちゃんの知恵袋《ちえぶくろ》みたいだ。

「……でも、シートはってありますね。ホウレンソウ、いりませんでしたね。すみません。力《ちから》になれなくて。わたし、なんにもできなくて。役立《やくた》たずで……。」

「あとで食《た》べます。栄養《えいよう》ありますから。それに、力《ちから》になってます。ミユキさんと死神《しにがみ》さんがきてくれて、わたし、うれしいです。役立《やくた》たずなんて、言《い》わないでください。」

「……本当《ほんとう》ですか？　めいわくじゃないですか？」

不安《ふあん》そうな顔《かお》でミユキさんがたずねてきた。

「はい。本当《ほんとう》に……うれしい……で、す。」

あれ？　おかしいな。なんでだろ。鼻《はな》のおくがつんとして、うまくしゃべれないな。

風邪《かぜ》のせいかな。声《こえ》が出《で》ないよ。

体《からだ》が、ぶるぶる、ふるえてしまう。

「……わわわっ。どうしたんですか、ひびきさま。泣《な》かないでください。すみません、すみません。わたしのせいですか？」

「ち、ちがいます。ちがう、ん、ですけど、とまらなくて……。」

毒《どく》のあわが消《き》えて、石《いし》ころもなくなって、胸《むね》がほっこりあたたかい。

ミユキさんが顔《かお》をくしゃっとさせる。

「……うっく。ひびき、さまが、泣《な》いちゃうと、わたし、も……ふぇ、ふえーん。」

わたしとミユキさんは、手《て》をつなぎながら、わんわん泣《な》いてしまった。

○　弱《よわ》くても　○

「ジャマをしたな、小《ちい》さき者《もの》よ。よく寝《ね》て、体《からだ》をなおすといい。」

そう言《い》って、死神《しにがみ》さんは、まぶたを泣《な》きはらしたミユキさんを連《つ》れ帰《かえ》った。

わたしひとりになって、また部屋《へや》は、しずかになる。

目《め》から流《なが》れた水分《すいぶん》をとりもどすために、わたしは朱音《あかね》さんが用意《ようい》していってくれたスポーツドリンクをストローで、んく、んく、と飲《の》んだ。

そうしていると、玄関《げんかん》のドアにカギがさしこまれる音《おと》がした。

つづいて、ガチャン、とドアがひらく音《おと》が聞《き》こえる。

「ひびきー、帰《かえ》ったぞー。」

朱音《あかね》さんの声《こえ》がして、次《つぎ》に階段《かいだん》をのぼってくる足音《あしおと》がする。

あけっぱなしのドアのむこうに、朱音《あかね》さんの姿《すがた》が見《み》えた。

こんどはタヌキ耳《みみ》のない、本物《ほんもの》の朱音《あかね》さんだ。

「あと、ひびきにお客《きゃく》さんだ。」

そのうしろにいたのは――。

「こんにちは、ひびきさん。お体《からだ》はだいじょうぶですか？」

レイジさんだった。にっこり福《ふく》の神《かみ》スマイルをうかべて、わたしの部屋《へや》に入《はい》ってくる。

レイジさんの足《あし》もとにはチィちゃんもいて、てててっと、レイジさんを追《お》いぬくと、ジャンプして、わたしにだきついてくる。

「ひぃ～　びぃ～　ぎぃ～。」

いまのわたしは、最弱《さいじゃく》モードなので、チィちゃんを受《う》けとめきれなかった。

「あう……。チィちゃん、いまは、ちょっと……。」

霊感《れいかん》のない朱音《あかね》さんは、「ん？　どうした？」と、首《くび》をかしげている。

「それより、レイジさん、どうして？」

わたしは、涙《なみだ》で顔《かお》をくちゃくちゃにしたチィちゃんにおしたおされつつ、レイジさんを見《み》あげる。

「ちょうど家《いえ》の前《まえ》でお会《あ》いしたんだよ。」

朱音《あかね》さんが教《おし》えてくれる。

「ひびきが、よくいく古本屋《ふるほんや》の店長《てんちょう》さんなんだろ？　予約《よやく》してた本《ほん》が入《はい》ったのに、ひびきがこないからさ、心配《しんぱい》してきてくれたんだって。」

レイジさんは、「というわけです。」と、ほほ笑《え》む。

「風邪《かぜ》だそうですね、ひびきさん。だいじょうぶですか？」

「……はあ、まあ。」

「ほれ。ゼリー買《か》ってきたぞ。ここ、置《お》いとくな。ん、あれ？　なんで、ホウレンソウがあるんだ？　あたしが持《も》ってきたんだっけか？」

朱音《あかね》さんは、ミユキさんが持《も》ってきてくれたホウレンソウをつかんで、ふしぎそうにながめていた。

「まあ、いいか。あとで、おひたしにでもすっかな。んじゃ、あたしは、下《した》でおかゆつくってくるからな。ほかに必要《ひつよう》なもん、あるか？」

「だいじょうぶです。」

「そっか。」

わたしにうなずいてから、朱音《あかね》さんはレイジさんに体《からだ》ごとむきなおる。

「じゃあ、すみません。あたし、いっぺん下《した》におりますんで。」

「こちらこそ、おしかけてしまって、もうしわけありません。長居《ながい》はしませんので。」

おとなのやりとりをしてから、朱音《あかね》さんは下《した》へ、レイジさんはイスをひきよせて、わたしのそばにすわった。

「具合《ぐあい》はいかがですか、ひびきさん？」

「……心《こころ》を読《よ》んだらいいじゃないですか。便利《べんり》なんだし。」

「あれー、もしかして、まだ怒《おこ》ってます？　ゆるしてくださいよー、ひびきさん。」

にへら、と笑《わら》いながら、レイジさんは手《て》を合《あ》わせる。

「というか、レイジさん、福神堂《ふくじんどう》からはなれられないって、いままで言《い》ってたの、やっぱりウソだったんですね。」

「ウソじゃないのっ。」

チィちゃんが、わたしの上《うえ》でとびはねる。泣《な》きやんでくれたみたいだから、それはよかったんだけど、のっかられたままジャンプされると、いまはつらい……。

「あのね、レイジね、えらーい神《かみ》さまにね、ひびきのお見舞《みま》いにいきたいから、福神堂《ふくじんどう》をちょっとだけはなれたいって、お願《ねが》いしたの。」

「え？　なに、それ？」

レイジさんは、ひょい、とチィちゃんをだっこして、ひざの上《うえ》にのせた。

「ぼくは、これでも神《かみ》さまですからね。好《す》き勝手《かって》に移動《いどう》はできないんです。でも、たいせつな弟子《でし》の一大事《いちだいじ》ですからね、かけつけないわけにはいかないでしょう？　なので、手続《てつづ》きをしていたんです。おかげでおそくなってしまいました。すみません。」

「わたし、レイジさんが福神堂《ふくじんどう》をはなれられないって言《い》ってたの、サボるためのいいわけだと思《おも》ってました。」

「まあ、そういう面《めん》もなきにしもあらずといいますか。」

うにゃむにゃ、と寝言《ねごと》みたいに、レイジさんは言《い》った。

でも、しきりなおすみたいに、ぴんっと背《せ》すじをのばす。

「具合《ぐあい》はいかがですか、ひびきさん？」

さっきと同《おな》じ質問《しつもん》を口《くち》にした。ちゃんと、心《こころ》を読《よ》まずに。

「朝《あさ》より、マシです。」

「そうですか、そうですか。」

レイジさんは、にっこり笑《わら》うと、大《おお》きな手《て》で、わたしのおでこにふれた。

「すぐによくなりそうですね。安心《あんしん》しました。」

それきり、レイジさんは、なにも言《い》わない。

わたしは、タオルケットを口《くち》もとまでひきあげる。

「……みんなが、お見舞《みま》いにきてくれました。」

最初《さいしょ》にエイタくんが、次《つぎ》にモコさん、ムジナくんがきて、それから、ミユキさんと死神《しにがみ》さんがきてくれた。

「チィちゃんが大《おお》さわぎをしてしまったんですよ。ひびきさんが死《し》んじゃうって。それで心配《しんぱい》をして、様子《ようす》を見《み》にきたんでしょう。」

「ごめんなさいなの。」

チィちゃんが、レイジさんのひざの上《うえ》で、しょんぼりしている。

「ううん。ありがとう、チィちゃん。」

そう告《つ》げてから、わたしはレイジさんを見《み》あげた。

「あの、レイジさん。」

「はい。」

「わたし……、なんだか、前《まえ》より弱《よわ》くなった気《き》がします。どうしてでしょう？」

こんなことを言《い》っていること自体《じたい》、弱《よわ》くなっている証拠《しょうこ》だ。

「弱《よわ》く、ですか？」

熱《ねつ》でぼーっとしながらも、わたしは口《くち》に出《だ》す言葉《ことば》をさがす。

「わたしの心《こころ》は、ダイヤモンドで、できているはずだったんです。なにが起《お》きても、傷《きず》つかないはずだったんです。でも、それは、ニセモノでした。ニセモノって気《き》づいたから、福《ふく》の神《かみ》の弟子《でし》になって、ちゃんと強《つよ》くなりたかったんです。だけど、おかしいんです。わたし、福《ふく》の神《かみ》の弟子《でし》になって、前《まえ》より弱《よわ》くなりました。」

前《まえ》の学校《がっこう》のクラスメイトに会《あ》って、ひどいことを言《い》われた。

でも、あんなの、いままでのわたしなら、なんてことなかった。

ふーん。あ、そう。で、おわりだった。

それが、いまでは、こんなにも弱《よわ》い。風邪《かぜ》までひいて寝《ね》こんでいる。なさけない。みっともない。

絵理乃《えりの》ちゃんは、わたしのことを「堂々《どうどう》としていて、かっこいい。」って、言《い》ってくれたけど、ぜんぜん、かっこよくない。「なにを言《い》われてもびくともしない。」なんてことはなかった。

「なるほど。」

レイジさんは、あいかわらず、にこにこと笑《わら》っている。

「なにが、なるほど、なんですか？」

「昨日《きのう》、ひびきさんに、なにがあったのか、チィちゃんに聞《き》きました。あ、だいじょうぶですよ。いまは、ひびきさんの心《こころ》をのぞき見《み》たりはしていません。本当《ほんとう》にチィちゃんから聞《き》いたぶんしか知《し》りません。」

レイジさんは、チィちゃんの頭《あたま》を、こねくり、こねくり、となでた。

「お知《し》りあいに会《あ》われたんですよね？　その子《こ》たちに、失礼《しつれい》なことを言《い》われたのだとか。チィちゃんは、それはもう怒《おこ》っていましたよ。」

「あんなの、チィが、やっつけちゃうの。」

チィちゃんは、昨日《きのう》のことを思《おも》いだしたみたいで、むすっとする。

レイジさんは、ほらね、という顔《かお》をわたしにむけた。

「チィちゃんは、ひびきさんが大好《だいす》きですね。」

「うんっ。チィは、ひびき、大好《だいす》きっ。ひびきが悲《かな》しそうだと、チィも悲《かな》しいの。」

「ほかのみなさんも、ひびきさんが好《す》きなんですよ。」

「……よく、わかりません。なんで、みんな、そんなに……だって、わたしなんて……。」

わたしは、あんまり、わたしが好《す》きじゃないのかもしれない。

――わたしが、わたしじゃなければ、よかったのに。

ミユキさんの言葉《ことば》を思《おも》いだした。

そうか。あれは、わたしのセリフでもあるんだ。

――人間《にんげん》ニャんか大《だい》っキライや。

モコさんの言葉《ことば》も頭《あたま》をよぎる。

これも、きっと、わたしのセリフだ。

世界《せかい》から人間《にんげん》がいなくなってしまえばいい。そうしたら平和《へいわ》になる。

モコさんがそう言《い》っていたとき、とても悲《かな》しかった。

でも、それと同《おな》じだけ、わたしは、モコさんの言《い》っていることがわかるって思《おも》ってしまった。

わたしのなかには、弱《よわ》くて、暗《くら》くて、だれにも知《し》られてはいけないモノがある。

気《き》づいたら、体《からだ》のなかの石《いし》ころが、また、ごろごろ転《ころ》がりだして重《おも》たかった。

「ひびきさんは、これまでなら平気《へいき》だったことに、ショックを受《う》けてしまったので、余計《よけい》につらかったんですね。じぶんは、弱《よわ》くなってしまったと思《おも》った。」

ベッドでまるくなって、わたしは、小《ちい》さくうなずく。

「ぼくは、ひびきさんが弱《よわ》いとは思《おも》いませんけどね。」

「……そんなことないです。わたし、こんなに弱《よわ》くなかったんです。弱《よわ》いと、みんなにめいわくをかけてしまうので、わたしは、もっと強《つよ》くなりたいんです。それで、もっとちゃんとしたいんです。」

「だれも、めいわくだなんて思《おも》っていませんよ。」

「それは、みんながやさしいだけで、でも、わたしは甘《あま》えたくなくて……。」

「ひびきさんの言《い》う『強《つよ》くなりたい。』は、なんだか、『ひとりぼっちになりたい。』みたいに聞《き》こえます。」

「え？」

「もちろん、ひとりの時間《じかん》もたいせつです。そこで育《はぐく》まれるものもあります。しかし、だれかとすごす時間《じかん》だって、同《おな》じくらい尊《とうと》いものですよ。」

おだやかな声《こえ》で、レイジさんは、ゆっくりとつづけた。

「ぼくは、あまり強《つよ》くありません。みんなに助《たす》けてもらわないと、ダメダメですし、落《お》ちこむことだって、いっぱいあります。昨日《きのう》も、ひびきさんの心《こころ》を勝手《かって》に読《よ》んで、しかられてしまいましたから、ひどく落《お》ちこみました。カレーも福神《ふくじん》づけも、ノドを通《とお》りませんでしたよ。」

レイジさんは、笑《わら》ってはいたけれど、へんなりと眉《まゆ》をたれさげる。

「……福《ふく》の神《かみ》なのに？」

「福《ふく》の神《かみ》ですけどね。」

ぼくは最弱《さいじゃく》の自信《じしん》がありますよー、とレイジさんは言《い》う。

「そんなときに、チィちゃんがもどってきて、ひびきさんが死《し》んでしまいそうだと言《い》うんですから、あわててしまいました。急《いそ》いで外出許可《がいしゅつきょか》をもらって、とんできたんです。」

「福《ふく》の神《かみ》なのに？」

もう一度《いちど》くりかえす。

「福《ふく》の神《かみ》でも、そんなものです。」

レイジさんは、わたしの頭《あたま》をなでてくれた。

「ひびきさんは、やさしい女《おんな》の子《こ》ですよ。心《こころ》をのぞかれたくないと思《おも》ったのは、いいことです。ちゃんと成長《せいちょう》しているってことですから。その気持《きも》ちをたいせつにしてください。」

「……そうなんでしょうか。」

「ぼくは、そう思《おも》います。怒《おこ》ったり、笑《わら》ったり、悩《なや》んだり、泣《な》いたり、わるいことを考《かんが》えたり、それをうしろめたく感《かん》じたり、ぜんぶひっくるめて、ひびきさんはやさしい、いい子《こ》ですよ。みんながお見舞《みま》いにきてくれたのでしょう？　そういうじぶんを、もう少《すこ》しほこりに思《おも》ってもいいんじゃないでしょうか。だいじょうぶ。ひびきさんは、ちゃんと前《まえ》に進《すす》んでいます。」

そこで、チィちゃんが、レイジさんのひざからとびおりて、わたしにひっついた。

「レイジね。」

わたしの耳《みみ》もとで、チィちゃんは、こしょっと言《い》う。

「右《みぎ》と左《ひだり》、ちがうくつ、はいてきちゃったの。ひびきが心配《しんぱい》で、あわててたんだよ。」

ヘンなの。

福《ふく》の神《かみ》でも、そんなことあるんだ、と思《おも》った。

わたしは、チィちゃんのまんまるほっぺをむにむにしてから、レイジさんを見《み》あげた。

「あの、レイジさん。」

「はい。」

「わたしが福《ふく》の神《かみ》の弟子《でし》で、レイジさんは、はずかしくないですか？」

その問《と》いかけに、レイジさんは目《め》をまるくした。

それから、ふにゃっ、と笑《わら》う。

「まさか、とんでもない。ひびきさんは、ぼくのじまんの弟子《でし》です。」

○　お天気雨《てんきあめ》　○

その日《ひ》は、ずっと、ぼんやりして、すごした。

熱《ねつ》があって、頭《あたま》も痛《いた》くて、鼻水《はなみず》も出《で》るし、体《からだ》は重《おも》たかったけど、みんながお見舞《みま》いにきてくれて、朱音《あかね》さんもあれこれしてくれて、だから、そんなにつらくはなかった。

次《つぎ》の日《ひ》に起《お》きたら、わたしの風邪《かぜ》は、あっさり、なおっていた。

とはいっても、朱音《あかね》さんが「病《や》みあがりだかんな、今日《きょう》はまだ、おとなしくしてろ。」と言《い》って、外《そと》には出《だ》してくれなかったけど。

それで、いまは絵理乃《えりの》ちゃんが、わたしの部屋《へや》にいる。

絵理乃《えりの》ちゃんは、お昼《ひる》ごろ、うちに電話《でんわ》をしてきて、映画《えいが》にさそってくれた。

朱音《あかね》さんが、今日《きょう》はダメ宣言《せんげん》をしたので、こうして部屋《へや》に遊《あそ》びにきてくれたのである。

でも、絵理乃《えりの》ちゃんは、さっきから、むすっとしていた。

「どうかしたの？」

「なんで、なんで、なんで、言《い》わなかったわけっ？」

「え、なにを？」

「風邪《かぜ》ひいて寝《ね》こんでたって。」

「それ、言《い》うものなの？」

いまは夏休《なつやす》みだし、学校《がっこう》に欠席理由《けっせきりゆう》を言《い》うわけでもないんだし、わざわざ報告《ほうこく》するほどのことでもないような気《き》がする。

「言《い》ってくれたら、お見舞《みま》いにきたのに。」

「風邪《かぜ》がうつったらいけないし、たぶん、朱音《あかね》さんが入《い》れてくれなかったよ。」

絵理乃《えりの》ちゃんは、ほっぺをふくらませて、わたしが図書室《としょしつ》で借《か》りた『ABC殺人事件《エービーシーさつじんじけん》』をめくった。わたしは、まだ読《よ》めていない。ゴキゲンななめの絵理乃《えりの》ちゃんは、「トリックをバラしてやる。」と、おどしてくる。

クーラーは、まだ、体《からだ》にはよくないだろうということで、小《ち》さな扇風機《せんぷうき》をつかっていた。風《かぜ》がくると、絵理乃《えりの》ちゃんの髪《かみ》が、ふわっと舞《ま》う。

「そういえばさ。」

わたしは、話題《わだい》をかえた。

「おととい、絵理乃《えりの》ちゃんの誕生日《たんじょうび》プレゼントを買《か》いにいったんだ。いいのが見《み》つからなくて、なにも買《か》えなかったんだけど、なにかほしいものある？」

「なんで、それ、言《い》っちゃうわけっ⁉」

本《ほん》から顔《かお》をあげると、絵理乃《えりの》ちゃんは、べしべし、と床《ゆか》をたたいた。

「なんでって、本人《ほんにん》に聞《き》くのがいちばんかなと思《おも》って。」

「そこはさ、東堂《とうどう》ひびきが、あたしのために、なにを選《えら》ぶかってのが重要《じゅうよう》なわけでしょ。それなのに、なんで聞《き》いちゃうんだよっ。」

「本《ほん》をプレゼントしようとも思《おも》ったんだけど、同《おな》じの持《も》ってたらわるいし、図書《としょ》カードは味気《あじけ》ないかな、と。」

「正論《せいろん》だなっ。『底辺《ていへん》かける高《たか》さ割《わ》る2』くらい正《ただ》しいよ。でも、そうじゃないんだよ。」

絵理乃《えりの》ちゃんは、おかしなことを言《い》い、へにへに、と床《ゆか》に寝転《ねころ》がった。

「っていうか、あたしにこんなこと言《い》わせないでよ、もう。あたし、東堂《とうどう》ひびきの前《まえ》では、かじょうずに、かっこつけていたいのに。」

「絵理乃《えりの》ちゃんは、ちゃんと、かっこいいよ。いつも、かっこよくて、かわいい。」

「う。」

絵理乃《えりの》ちゃんは、ヘンな顔《かお》をした。口《くち》が二等辺三角形《にとうへんさんかくけい》みたいになっている。

わたしは、ごくん、とツバを飲《の》んだ。

「あのね、絵理乃《えりの》ちゃん。」

「なに？」

「絵理乃《えりの》ちゃんの誕生日《たんじょうび》プレゼント買《か》いにいったとき、わたし、前《まえ》の学校《がっこう》の子《こ》たちに会《あ》っちゃったんだ。」

とたんに、絵理乃《えりの》ちゃんは、ガバッと起《お》きあがった。目《め》がしんけんだ。

「なんかあったの？」

「あ、たいしたことじゃないんだけど。まあ、ちょっとね、イヤなことを言《い》われた。」

「それもはやく言《い》いなよ！　その場《ば》で呼《よ》んでよ！　加勢《かせい》したのに！」

それだけで、わたしの胸《むね》はじんわりあたたかくなる。

真冬《まふゆ》に飲《の》む、ココアみたい。季節《きせつ》はずれの表現《ひょうげん》だけどね。

「それは、もういいんだ。」

「いくない。いくないって言《い》ったじゃん！」

前《まえ》の学校《がっこう》であったことを話《はな》したとき、わたしが「どうでもいいよ。」って言《い》ったら、絵《え》理《り》乃《の》ちゃんは、そんなふうにしかってくれたのだ。

「ちがうの。絵《え》理《り》乃《の》ちゃんが、わたしのために、そういうふうに言《い》ってくれるから、もういいんだ。ありがとう、絵《え》理《り》乃《の》ちゃん。」

そう伝《つた》えると、絵《え》理《り》乃《の》ちゃんは、むふん、と鼻《はな》から息《いき》を出《だ》した。

「まあ、東堂《とうどう》ひびきがそう言《い》うなら、いいけどさ。あたしは、生《なま》ぬるいと思《おも》うけどね。そいつらは、ゆるすに値《あたい》しない。飛《と》び箱《ばこ》のときに、手首《てくび》をねんざしろっ。」

「なにそれ？」

「呪《のろ》いの言葉《ことば》。」

なんとなく、わかった。

いままでのわたしなら、あの子《こ》たちになにを言《い》われても、痛《いた》くもかゆくもなかった。

それは、ダイヤモンドの心《こころ》を持《も》っていたからじゃなくて、きっと、わたしが世界《せかい》に参加《さんか》していなかったからだ。

だから、あのころのわたしは、楽《たの》しいことも、いまより知《し》らなかった。

いまのわたしは、あの子《こ》たちの言葉《ことば》に、かんたんに傷《きず》つくようになってしまった。

だけど、絵理乃《えりの》ちゃんや、朱音《あかね》さん、お母《かあ》さん、お父《とう》さん、レイジさん、チィちゃん、エイタくん、モコさん、ムジナくん、ミユキさん、死神《しにがみ》さん、みんながわたしを好《す》きでいてくれて、すごくうれしいと思《おも》う。

じぶんのことも、前《まえ》より好《す》きになれそうな気《き》がする。

「あ。」

とつぜん、絵理乃《えりの》ちゃんが口《くち》をひらいた。窓《まど》の外《そと》を見《み》ている。

「お天気雨《てんきあめ》だ。」

青空《あおぞら》が広《ひろ》がっているのに、銀色《ぎんいろ》の雨《あめ》がさらさらと、地面《じめん》にふりそそいでいた。

でも、わたしに見《み》えたのは、お天気雨《てんきあめ》だけじゃなかった。

「うわっ!」

思《おも》わず、声《こえ》をあげてしまう。

「え、なに？　どうしたの？」

絵理乃《えりの》ちゃんが、ふしぎそうな表情《ひょうじょう》をうかべた。

ああ、そうか。絵理乃《えりの》ちゃんには霊感《れいかん》がないから、見《み》えていないのか。

わたしの家《いえ》の前《まえ》には、きみょうな一団《いちだん》がいる。

まっ白《しろ》い着物《きもの》を着《き》た花嫁《はなよめ》さんと、羽織袴姿《はおりはかますがた》の花婿《はなむこ》さん。

ふたりはおみこしみたいな台《だい》の上《うえ》にすわっていた。そのうしろに、晴《は》れ着《ぎ》を身《み》にまとったモノたちが、長《なが》い行列《ぎょうれつ》をつくっている。

みんな、キツネだった。ムジナくんみたいに、うしろ足《あし》で立《た》って、歩《ある》いている。

お天気雨《てんきあめ》のことを、「キツネの嫁入《よめい》り」と呼《よ》ぶのを、わたしは思《おも》いだした。

ふりそそぐ雨《あま》つぶは、花嫁《はなよめ》さんや花婿《はなむこ》さんの衣装《いしょう》に当《あ》たると、線香花火《せんこうはなび》みたいに、かがやいて消《き》えていった。

だから、その一団《いちだん》のまわりでは、パチパチと光《ひかり》がはじけている。

「ねえ、絵理乃《えりの》ちゃん。」

「なに？」

「すごく、いい誕生日《たんじょうび》プレゼントを思《おも》いついたんだけど。」

「どんな？」

わたしは、絵理乃《えりの》ちゃんをまっすぐに見《み》る。

「お父《とう》さんに再会《さいかい》したときのこと、覚《おぼ》えてる？」

絵理乃《えりの》ちゃんのお父《とう》さんは、三年前《ねんまえ》に亡《な》くなっている。

でも、この春《はる》、絵理乃《えりの》ちゃんはお父《とう》さんと、また会《あ》うことができた。

正確《せいかく》には、お父《とう》さんが残《のこ》した『言葉《ことば》』が、コトダマになって絵理乃《えりの》ちゃんの前《まえ》にあらわれたのだ。

「わすれるわけないじゃん。」

「じゃあさ、そのあとの、のっぺらぼう事件《じけん》は？」

音楽室《おんがくしつ》に、のっぺらぼうがあらわれて、葵野小学校《あおいのしょうがっこう》をにぎわしたのは、まだ夏《なつ》がおとずれる前《まえ》のことだった。

「あったね。けっきょく、のっぺらぼう、見《み》つからなかったけど。」

「あ、あのさ。」

これを言《い》って、絵理乃《えりの》ちゃんにヘンな子《こ》だと思《おも》われたら、どうしよう。

一瞬《いっしゅん》、そう思《おも》った。胸《むね》がドキドキする。不安《ふあん》になる。

わたしは、一回《かい》、下《した》をむいた。

でも、絵理乃《えりの》ちゃんはバカにしないでくれる。そうも思《おも》った。

顔《かお》をあげて、絵理乃《えりの》ちゃんを正面《しょうめん》から見《み》る。

「あれ、解決《かいけつ》したの、わたしだって言《い》ったら、どう思《おも》う？」

絵理乃《えりの》ちゃんは、目《め》をしぱしぱさせた。それから、こくりとうなずく。

「ああ、やっぱりなって思《おも》う。ねえ、東堂《とうどう》ひびきは、妖怪《ようかい》ハンターかなんかなの？　一族《いちぞく》が代々《だいだい》、妖怪《ようかい》を退治《たいじ》してきたとか、そういうやつ？」

絵理乃《えりの》ちゃんは、すごく深刻《しんこく》そうな顔《かお》をしていた。

「え？　いやいや、そんなんじゃないよ。わたしは――。」

ちょっと迷《まよ》ってから、でも、わたしは言《い》うことに決《き》める。

「わたし、じつは、福《ふく》の神《かみ》の弟子《でし》なんだ。」

「えっ!?　東堂《とうどう》ひびき、神《かみ》さまなの？」

「ちがうよ、弟子《でし》だって。」

「でも、神《かみ》さまの弟子《でし》なの？　すごい。なんだ、それ。すごいよ。すごすぎるだろ。」

「……ウソつきって思《おも》わないの？」

「思《おも》わないよ。じっさい、ユーレイ見《み》たし。あのときのこと、あたしは、東堂《とうどう》ひびきに感《かん》謝《しゃ》してるんだ。パパに会《あ》わせてくれて、そのあとも、いっしょにいてくれた。そっか。神《かみ》さまか。あ、だから、あたしの一生《いっしょう》のお願《ねが》い、かなったのかな。」

「弟子《でし》ね、弟子《でし》。それより、いま、窓《まど》の外《そと》、すごくキレイなんだ。これ、絵理乃《えりの》ちゃんも気《き》に入《い》ると思《おも》うの。だから、誕生日《たんじょうび》のプレゼントは、あとで、ちゃんと用意《ようい》するけど、それよりもまず、これを見《み》せてあげようかなって。」

「なになに？　なにがあるの？」

絵理乃《えりの》ちゃんが身《み》をのりだしてきた。

「じゃあ、手《て》、にぎってから、外《そと》を見《み》て。」

わたしは左手《ひだりて》を絵理乃《えりの》ちゃんにむける。

わたしの手《て》を絵理乃《えりの》ちゃんは、ぎゅむってにぎり、窓《まど》の外《そと》を見《み》やった。

「うわっ！」

「しーっ。」

わたしは、ひとさし指《ゆび》をくちびるに当《あ》てた。

こうして手《て》をにぎれば、絵理乃《えりの》ちゃんにも見《み》えるはずなのだ。

「すごい、すごい。なにこれっ！」

「キツネの嫁入《よめい》りだよ、きっと。」

絵理乃《えりの》ちゃんに話《はな》してよかった。なんだか、すごくうれしい。

そうだ。こんどは、絵理乃《えりの》ちゃんに、チィちゃんを紹介《しょうかい》しよう。

コトダマに会《あ》ったとき、チィちゃんもそばにいたんだけど、絵理乃《えりの》ちゃんは、お父《とう》さんのことで頭《あたま》がいっぱいだったから、気《き》づいていなかったみたいだし。

きっと、ふたりは仲《なか》よしになれる。

そう思《おも》いながら、わたしは、幻想的《げんそうてき》なお天気雨《てんきあめ》を見《み》つめつづけた。

ところで、最近《さいきん》、朱音《あかね》さんが、わたしに、みょうなことをたずねるようになった。

「あのさ、こないだ、ひびきが風邪《かぜ》で寝《ね》こんだときに、古本屋《ふるほんや》さん、きただろ？」

「レイジさん？」

「そう。レイジさん。あのひとさー、どこの古本屋《ふるほんや》さん？」

「え、どうしてですか？」

福神堂《ふくじんどう》の伝説《でんせつ》を知《し》っている朱音《あかね》さんに、うかつなことは言《い》えなかった。朱音《あかね》さんは、おとなだから、きっと心配《しんぱい》すると思《おも》う。

「あー、いやー、なんつーか……あはは。」

おかしな朱音《あかね》さん。

「あのひと、あたしのこと、なんか言《い》ってなかった？」

「なんかって、なんです？」

「ひびきといっしょに暮《く》らしているキレイなお姉《ねえ》さんは、どんな方《かた》ですかとか、おつきあいしているひとは、いるんですか、とか。」

「いえ、そういうことは、とくに。」

「あ、そう。」

朱音《あかね》さんは、しょんぼり肩《かた》を落《お》とした。

「ああ、でも。」

「え、なになに？」

「ホウレンソウは、カレーに入《い》れても、おいしいですよ、って言《い》ってました。」

「あ、そう。」

（『ふしぎ古書店《こしょてん》③』につづく）

福神堂《ふくじんどう》の本棚《ほんだな》

えりの　うえ。えぐ、えぐ。ずず……。

ひびき　あれ、絵理乃《えりの》ちゃん、どうしたの？　泣《な》いてるの？

えりの　ずず。と、東堂《とうどう》ひびき、これ、読《よ》んでたら、涙《なみだ》が……ずず。

ひびき　ああ、宮沢賢治《みやざわけんじ》の『黄《き》いろのトマト』だね。

えりの　ペムペルとネリが、かあいそうで、かあいそうで……。

ひびき　鼻水《はなみず》も出《で》てるよ。はい、ティッシュ。

えりの　ありがと。ずびずび。

ひびき　『黄《き》いろのトマト』は、短《みじか》い物語《ものがたり》なんだけど、ちょっと、ややこしいつくりになっているんだ。語《かた》り手《て》である「私《わたし》」が、博物館《はくぶつかん》にいる剥製《はくせい》の「蜂雀《はちすずめ》」から、ペムペルとネリという兄妹《きょうだい》について、話《はなし》を聞《き》かせてもらう、というストーリーだよ。

えりの　ペムペルとネリは、畑《はたけ》でトマトを十本《ぽん》、育《そだ》てているの。どのトマトも、赤《あか》い実《み》をつけるはずだったんだけど、一本《ぽん》だけ、黄色《きいろ》く光《ひか》るトマトができたんだ。そ

ひびき　れを見《み》たふたりは、黄色《きいろ》いトマトを黄金《きん》だと思《おも》っちゃうんだよね。
あるとき、ペムペルとネリが暮《く》らしている町《まち》に、サーカスがやってくるの。ふたりは、サーカスのテントに入《はい》ってみたいんだけど、タダでは入《はい》れないってわかって、黄色《きいろ》いトマトを持《も》っていくんだ。でも、入《い》り口《ぐち》でおとなにどなられてしまって、ふたりは泣《な》きながら帰《かえ》っていくの。ここは読《よ》んでいると、せつなくなっちゃう。

えりの　ふたりは、たいせつに育《そだ》てたトマトを投《な》げつけられてしまうんだ。かわいそう！　ネリが泣《な》きだしちゃったときなんて、見《み》ていたやつらは笑《わら》うんだよ。ゆるせない！

ひびき　まっすぐにそう言《い》える絵理乃《えりの》ちゃんは、やっぱり、かっこいいなー。

えりの　そ、そんなことないけど……。

ひびき　宮沢賢治《みやざわけんじ》は、『銀河鉄道《ぎんがてつどう》の夜《よる》』や、『雨《あめ》ニモマケズ』で有名《ゆうめい》な作家《さっか》さんだけど、じつは、どちらも、亡《な》くなったあとに発表《はっぴょう》された作品《さくひん》なんだ。生前《せいぜん》に刊行《かんこう》された『春《はる》と修羅《しゅら》』という詩集《ししゅう》にも、『注文《ちゅうもん》の多《おお》い料理店《りょうりてん》』という童話集《どうわしゅう》にも、収《しゅう》録《ろく》されていなかったの。『黄《き》いろのトマト』も、そうだよ。

えりの　『よだかの星《ほし》』も、宮沢賢治《みやざわけんじ》が亡《な》くなったあとに発表《はっぴょう》されたんだね。うう、この話《はなし》も……泣《な》けてくる。ずず。

ひびき　よだかは、姿《すがた》がみにくいと言《い》われて、仲間《なかま》の鳥《とり》たちにいじめられているの。どこにも居場所《いばしょ》がなくて、ほとんどだれにも相手《あいて》にしてもらえなくて、とても悲《かな》しい思《おも》いをしているんだ。

えりの　よだかの気持《きも》ちを考《かんが》えると、あたしも胸《むね》が苦《くる》しくなってくる。あんなふうに、いじわるばかり言《い》われるなんて、つらいよね。読《よ》んでるとちゅうで、ページをめくる手《て》がとまっちゃうもん。

ひびき　うん、わかる。本《ほん》を読《よ》んでるとき、じぶんのことみたいに悲《かな》しくなることってあるよね。わたしのお母《かあ》さんが、読書《どくしょ》は、じぶんじゃないだれかの人生《じんせい》を体験《たいけん》することなんだ、って言《い》ってた。それは、楽《たの》しいこともあれば、悲《かな》しくなる場《ば》合《あい》もあるんだけど、どちらも、たいせつな気持《きも》ちなんだって。

えりの　あ、でもでも、宮沢賢治《みやざわけんじ》の作品《さくひん》は、悲《かな》しいばっかりじゃないんだから。『やまなし』は、カニの兄弟《きょうだい》が、谷川《たにがわ》の底《そこ》から見《み》あげた世界《せかい》について語《かた》っているんだ。あたしたちが住《す》む地上《ちじょう》とは、同《おな》じものでも、見《み》えかたがちがっていて、その描写《びょうしゃ》がとても、あざやかで、キレイなの。

ひびき　『やまなし』は、宮沢賢治《みやざわけんじ》の生前《せいぜん》に発表《はっぴょう》された数少《かずすく》ない作品《さくひん》のひとつだね。カニの兄弟《きょうだい》が話題《わだい》にする「クラムボン」という存在《そんざい》が印象的《いんしょうてき》だけど、その正体《しょうたい》がなんなのかは、わかっていないらしいよ。

ひびき　クラムボンはかぷかぷわらったよ。

えりの

えりの　あははっ。これ、言《い》いたくなるんだよね。「かぷかぷわらう」って、なんかヘンだもん。

ひびき　宮沢賢治《みやざわけんじ》の作品《さくひん》は、かわった「擬声語《ぎせいご》」や「擬態語《ぎたいご》」が、たくさんつかわれているのが特徴《とくちょう》なんだ。「擬声語《ぎせいご》」というのは、ちょっと、むずかしい言葉《ことば》だけど、物音《ものおと》や動物《どうぶつ》の声《こえ》をあらわした言葉《ことば》のことで、「イヌがわんわんほえる。」というときの「わんわん」の部分《ぶぶん》がそうだよ。

えりの　「擬態語《ぎたいご》」は、物《もの》ごとの状態《じょうたい》をあらわす表現《ひょうげん》のことだよね。「ピカピカ光《ひか》る。」の「ピカピカ」とか。

ひびき　「擬声語《ぎせいご》」と「擬態語《ぎたいご》」を合《あ》わせて、「オノマトペ」っていうんだ。フランス語《ご》がもとになっているらしいよ。

えりの　『やまなし』のなかにも、「かぷかぷわらう」だけじゃなくて、「ぼかぼか流《なが》れて」とか、「月光《げっこう》の虹《にじ》がもかもか集《あつ》まりました。」とか、ふしぎな表現《ひょうげん》が出《で》てくるよね。

ひびき　どれも一般的《いっぱんてき》な表現《ひょうげん》ではないけど、そこが宮沢賢治《みやざわけんじ》作品《さくひん》の魅力《みりょく》のひとつでもあるんだね。言葉《ことば》づかいが古《ふる》いから、わかりにくいところもあるんだけど、時間《じかん》をかけてじっくり読《よ》むと、心《こころ》にひびいてくるよ。

えりの　お。「ひびき」だけに?

ひびき　……。

えりの　いま、めんどくさいな、って顔《かお》したでしょ!　ちょっとくらい、笑《わら》ってくれてもいいじゃん!　冗談《じょうだん》がつまんなくても、やさしくしてよ!

ひびき　ソウデスネ。エリノチャンハ、オモシロイ、オモシロイ。アハハ。

えりの　心《こころ》がこもってないよっ!　なんだよ、その対応《たいおう》っ!

ひびき　今回《こんかい》は、宮沢賢治《みやざわけんじ》特集《とくしゅう》でした。前巻《ぜんかん》の『福神堂《ふくじんどう》の本棚《ほんだな》』で、著作権《ちょさくけん》について説《せつ》明《めい》したけど、宮沢賢治《みやざわけんじ》の作品《さくひん》も著作権《ちょさくけん》が切《き》れてるんだ。だから、いろいろなところで読《よ》むことができるよ。ぜひ、さがしてみてね。それじゃあ、またねーっ。

えりの　なんか、コーナーおわらせてるし!　うわーん。またしても、東堂《とうどう》ひびきがいじわるだっ!

福神堂《ふくじんどう》の
お悩《なや》み相談室《そうだんしつ》

ひびき　こんにちはー。

チィ　わーい。ひびきなのー。

レイジ　こんにちは、ひびきさん。ちょうど、よいところにいらっしゃいました。

ひびき　なんですか?

チィ　あのね、おなやみ相談《そうだん》をぼしゅうしたの。ほら。

ひびき　あ、『ふしぎ古書店《こしょてん》』の1巻《かん》だね。『ひびきたちに聞《き》いてもらいたい、あなたの悩《なや》みを教《おし》えてね!』か。なるほど、わたしの名前《なまえ》が書《か》いてありますね。

レイジ　というわけで、ひびきさんもご一緒《いっしょ》に考《かんが》えていただこうかな、と思《おも》いまして。

チィ　レイジでは役《やく》に立《た》たないの。

レイジ　あ、あれー。チィちゃん、ぼくに冷《つめ》たくないですか?

ひびき　まあ、レイジさんですからね。

レイジ　ひ、ひびきさんまで!?

チィ　それじゃあ、最初《さいしょ》のおなやみなのっ。

相談1

本《ほん》にハマりすぎて、読書《どくしょ》をとめられません。一冊《さつ》読《よ》んだら、また次《つぎ》、そのまた次《つぎ》と、たくさん読《よ》んでしまいます。まわりの本好《ほんず》きの友《とも》だちも同《おな》じことを言《い》っています。どうすればいいですか？

（小学《しょうがく》五年生《ねんせい》・ヨシノさん）

これは、ぜいたくなお悩《なや》みですね。ぜひ、たくさん読《よ》んでください。

この悩《なや》み、わたしも読書《どくしょ》が好《す》きなので、すごくよくわかります。でも、読《よ》みたい本《ほん》を、ぜんぶ買《か》っていたら、あっというまに、おこづかいがなくなっちゃうんです。学校《がっこう》の図書室《としょしつ》や図書館《としょかん》を利用《りよう》したりもするんですけど、大好《だいす》きな本《ほん》は持《も》っておきたいですし、悩《なや》みます。

たくさんの本《ほん》を読《よ》むことは、いいことです。ただ、たいせつなおこづかいをつかうのですから、よく考《かんが》えなければいけませんね。でも、月《つき》にいくらつかえる

ひびき　のかを考《かんが》えることも、よい経験《けいけん》です。算数《さんすう》の勉強《べんきょう》にもなりますし。算数《さんすう》といえば、買《か》うときに、うっかり消費税《しょうひぜい》のことを忘《わす》れていて、レジでお金《かね》がたりなかった、ってことがありました。本《ほん》のうらに「定価《ていか》」って書《か》いてありますけど、消費税《しょうひぜい》がぬけてるから、その値段《ねだん》じゃ、買《か》えないんですよね。

レイジ　消費税《しょうひぜい》の計算《けいさん》はかけ算《ざん》ですね。レジにいく前《まえ》に計算《けいさん》ができるといいですね。ちなみに、ひびきさん、「定価《ていか》650円《えん》」の本《ほん》に「消費税《しょうひぜい》8パーセント（二〇一六年《ねん》四月現在《がつげんざい》）」がかかるといくらになるか、おわかりですか？

ひびき　え、えーっと、待《ま》ってください。紙《かみ》に書《か》けばわかるはずです。「8パーセント」は「0・08」だから、「650×0・08」で……「52円《えん》」になって、それを「定価《ていか》650円《えん》」にたして……えっと、「702円《えん》」ですか？

レイジ　はい。正解《せいかい》です。

ひびき　ほっ。よかった。

レイジ　ひびきさんの計算方法《けいさんほうほう》は、もっとシンプルに「650×1・08」と、表《あらわ》すこともできるんですよ。

ひびき　あ、そっか。うーん。算数《さんすう》の勉強《べんきょう》もしないと、ですね。

チィ　ねえねえ、ひびき。レイジ、ずるしてたよ。こっそり、電卓《でんたく》っていうの、つかってたの。チィ、見《み》てたの。

ひびき　……へえー。ふーん。わたしは、ちゃんと計算《けいさん》したのに。

レイジ　あー、いやー……こほん、こほん。えー、ヨシノさんのお悩《なや》みですが。

ひびき　あ、ごまかした。

レイジ　たくさん本《ほん》を読《よ》むことは、わるいことではありません。でも、余韻《よいん》にひたるまもなく、「あー、おもしろかった。」で、次《つぎ》にいってしまうのなら、もったいないかもしれませんね。たとえばですが、「自分《じぶん》だけの名場面《めいばめん》」をさがしてみるというのはどうでしょう？　ストーリーを追《お》いかけるだけでなく、シーンの美《うつく》しさや、言葉《ことば》のおもしろみ、というものに注目《ちゅうもく》して読《よ》んでみるんです。

ひびき　あ、それ、いいですね。わたしも大好《だいす》きな場面《ばめん》や、心《こころ》に残《のこ》ったセリフを、読《よ》みかえすようにしてるんです。

ごはんをゆっくりかんで味《あじ》わうように、読書《どくしょ》を味《あじ》わってみる、というのもいいものですよ。あなただけの名場面《めいばめん》は、あなただけの宝物《たからもの》になるはずです。

まだまだ、相談《そうだん》あるのっ。

相談2

授業中《じゅぎょうちゅう》、考《かんが》えがまとまっていないときや、よくわからないとき、話《はなし》を聞《き》きそびれていたときにかぎって、先生《せんせい》に当《あ》てられてしまい、なかなか、うまく答《こた》えられないことがあります。どうしたらいいですか？

（中学《ちゅうがく》一年生《ねんせい》・スミレさん）

暑《あつ》いときにかぎって、扇風機《せんぷうき》が壊《こわ》れているのと同《おな》じですね。わかります。

いや、ちがうと思《おも》います……。わたしは正直《しょうじき》に「わかりません。」とか、「もう一度《いちど》、お願《ねが》いします。」って、言《い》っていいと思《おも》うんですけど？

レイジ

それもひとつの方法《ほうほう》ですね。本当《ほんとう》にわからないときや、話《はなし》を聞《き》きそびれてしまったときは、それがいちばんでしょう。

もしも、そのことに対《たい》して怒《おこ》る先生《せんせい》がいるのでしたら、そのかたは、「教《おし》える」ということの本来《ほんらい》の意味《いみ》を忘《わす》れてしまっていますね。正直《しょうじき》に答《こた》えることを萎縮《いしゅく》させてしまってはいけません。「萎縮《いしゅく》」というのは、「ちぢこまって、元気《げんき》がなくなること」という意味《いみ》です。これは、学《まな》びの場《ば》にふさわしくありません。でも、先生《せんせい》だって、うっかりしてしまうことはあります。人間《にんげん》ですから。

しかし、「わかりません。」と答《こた》えてしまうのが、くやしい場合《ばあい》もありますよね。「考《かんが》えがまとまっていないとき」に「うまく答《こた》えられない」のなら、なおさらです。だって、わからない、というのとは、ちがうのですから。時間《じかん》をかければ答《こた》えられるかもしれないのに。

ひびき

たしかに。

レイジ

これは想像《そうぞう》なのですが、スミレさんは「正解《せいかい》しなければいけない。」と思《おも》っているのかもしれません。それがテストであれば、正解《せいかい》であるほうがいいでしょう。でも、授業《じゅぎょう》であるならば、まちがいかもしれないけれど、思《おも》いきって答《こた》えてみる、というのも、ひとつの選択《せんたく》だと思《おも》います。意外《いがい》と、最初《さいしょ》にまちがったときのほうが、あとになっても忘《わす》れないでいられたりするものなんですよ。

チィ　でも、レイジ、さっきは、まちがえないように、電卓《でんたく》つかってたの。ずるなの。

ひびき　だよね。

レイジ　あうぅ……福《ふく》の神《かみ》の威厳《いげん》が……。

チィ　こんな相談《そうだん》もあるの。

相談3

わたしの小学校《しょうがっこう》には学校《がっこう》の七不思議《ななふしぎ》があります。夜《よる》の学校《がっこう》って、とてもこわいので、ひびきやチィちゃん、レイジさんに解決《かいけつ》してもらいたいです。

（小学《しょうがく》六年生《ねんせい》・サキさん）

相談4

トイレの花子《はなこ》さんなどの学校《がっこう》の怪談《かいだん》。うちの学校《がっこう》のプールの四コースにはユーレイが出《で》るらしい。解決《かいけつ》してください。

（小学《しょうがく》六年生《ねんせい》・アヤカさん）

ひびき　えーっと、これはどうしましょう？　わたしの手《て》には負《お》えないような……。

チィ　チィがやっつける？

ひびき　たしかに、チィちゃんがいれば心強《こころづよ》いけど、そういうわけにもいかないよね。

レイジ　解決《かいけつ》するのは、むずかしいですが、べつの角度《かくど》から考《かんが》えてみましょうか。

ひびき　べつの角度《かくど》って、どういうことですか？

レイジ　そうですね。ひびきさんは、「あずき洗《あら》い」というアヤカシを知《し》っていますか？

ひびき　本《ほん》で読《よ》んだことがあります。えっと……あずきを洗《あら》ってる、アヤカシですか？

レイジ　はい。そのとおりです。

ひびき　……あずきを洗《あら》ってるだけなんですか？

レイジ　ひとを襲《おそ》う、という言《い》い伝《つた》えもありますが、基本的《きほんてき》にはあずきを洗《あら》っているだけですね。

ひびき　なぜ、あずき……。

チィ　きっとね、あずきが大好《だいす》きなんだよ。おさとうをいっぱい入《い》れて、あまーくするの。チィもね、あまいの大好《だいす》きなのっ。

レイジ　カレーと福神《ふくじん》づけとあずきのコラボレーション。いけるかもしれません。

ひびき　わたしは食《た》べませんからね。って、話《はなし》がそれてますよ。

レイジ　おっと、いけない。一説《いっせつ》によると、「あずき洗《あら》い」は、夜《よる》、だれもいない水辺《みずべ》で、あずきを洗《あら》っているような音《おと》がした、というところから生《う》まれたアヤカシだといわれています。

ひびき　どういうことですか？

レイジ

暗《くら》い夜道《よみち》をひとりで歩《ある》いていると、こわいでしょう？　そういうときに、ヘンな音《おと》が聞《き》こえてきたら、ブキミじゃないですか。しかも、だれもいない。きっと、アヤカシにちがいない。あれは「あずき洗《あら》い」だ！　というぐあいに、むかしのひとが、ふしぎな現象《げんしょう》を、アヤカシのしわざということにして、それらしい名前《なまえ》をつけ、納得《なっとく》しようとしたのです。つまり、「あずき洗《あら》い」がいたから、おかしな音《おと》が聞《き》こえたのではなく、おかしな音《おと》を聞《き》いた人間《にんげん》が、「あずき洗《あら》い」を生《う》みだしてしまったのですね。

ひびき

人間《にんげん》が、「あずき洗《あら》い」を生《う》みだした……。あっ！　もしかしたら、学校《がっこう》の怪《かい》談《だん》も、そういうことなのかもしれません。アヤカさんの相談《そうだん》にある「四コースのユーレイ」も、たぶん、そうですよ。日本《にほん》では「四」って「死《し》」につながるから、さけることがあるんですよね。もしかしたら、四コースで足《あし》をつっちゃった子《こ》がいたのかも。その子《こ》は水泳《すいえい》が得意《とくい》だったにちがいありません。水《すい》泳《えい》が得意《とくい》なのに、おぼれちゃったりしたら、ヘンだと思《おも》うひとが出《で》てくるんで

レイジ　すよ。それで、ユーレイのせいだと考《かんが》えた……っていうのは、どうでしょう？

レイジ　さすが、ひびきさんです。するどい推理《すいり》だと思《おも》います。しかし、「あずき洗《あら》い」の例《れい》と、「四コースのユーレイ」では、少《すこ》し状況《じょうきょう》がちがいますね。科学《かがく》が発達《はったつ》した現代《げんだい》では、ユーレイがいると考《かんが》えるより、ひびきさんの推理《すいり》のほうが、しぜんです。なのに、ユーレイ説《せつ》が有力《ゆうりょく》というのはおかしい。まるで、「いてほしい」みたいじゃないですか？

ひびき　言《い》われてみれば。

レイジ　ところで、ひびきさんは、こわいお話《はなし》は苦手《にがて》ですか？

ひびき　うーん。こわいけど……ちょっとだけ、わくわくします。こわすぎるのは、ダメですけど。

レイジ　そう。こわいけど、わくわくする、それが怪談《かいだん》のミリョクですね。この点《てん》は、むかしのひとも同《おな》じだったのでしょう。ふしぎな現象《げんしょう》を、アヤカシのしわざということにする。たとえば、「あずき洗《あら》い」と、名《な》づけてみる。すると、それ

をひとにも伝《つた》えることができるようになります。「夜《よる》、川《かわ》の近《ちか》くで、しゃりしゃり、というヘンな音《おと》を聞《き》いた。あれは、どうやら、『あずき洗《あら》い』というアヤカシのしわざらしい。」と。生《う》みだされたアヤカシのうわさは、どんどん広《ひろ》まっていきますよ。こわいけれど、気《き》になる。聞《き》きたくないのに、最後《さいご》まで聞《き》いてしまう。見《み》たくないと思《おも》いながら、ちょっとだけいてほしいと願《ねが》ってしまう。そうやって、怪談《かいだん》は親《した》しまれてきたのです。

　ここで相談《そうだん》にもどりますが、サキさんやアヤカさんも、本当《ほんとう》は解決《かいけつ》を望《のぞ》んでいるのではなく、話《はな》すことを楽《たの》しんでいるのではないでしょうか。ちょっとこわいくらいが、ちょうどおもしろい。それが怪談《かいだん》というものですから。

なるほど。そうかもしれません。わかる気《き》がします。

ただし！　注意《ちゅうい》してください。ぼくの説明《せつめい》は、アヤカシが生《う》まれる過程《かてい》のほんの一部《いちぶ》にすぎません。「ただの怪談《かいだん》」と、わかったつもりになって安心《あんしん》していても、この世界《せかい》には、まだまだ、ふしぎなことが、いっぱいあるんですよ。そのなかには、本当《ほんとう》にこわいアヤカシも……ふっふっふ。

ひびき　な、なんか、やっぱり、こわいかも……。

レイジ　おっと、こわがらせてしまいましたか。すみません。そうですね、苦手《にがて》なひとに無理《むり》やり聞《き》かせたりするのは、かわいそうなのでやめましょう。

チィ　チィ、こないだ、こわい夢《ゆめ》、見《み》たの。こくばんけしくりーなーがね、ぶぉおおお、っていいながら、おそってくるの。うう、ひびきーっ。

ひびき　うわっ⁉　だいじょうぶだよ、チィちゃん。黒板消《こくばんけ》しクリーナーはそういうんじゃないから。あれは黒板消《こくばんけ》しをキレイにするものなんだ。

チィ　レイジもキレイにできる?

レイジ　えー。

ひびき　うーん。むずかしいかも。

レイジ　うう、なんだか、ぼくのあつかいがひどい……。いえ、強《つよ》く生《い》きます。それでは、今回《こんかい》の『福神堂《ふくじんどう》のお悩《なや》み相談室《そうだんしつ》』はここまでです。

がんばって考《かんが》えるから、よかったら、みんなのお悩《なや》み、聞《き》かせてね。
ばいばい、なのっ！

相談内容《そうだんないよう》は、一部《いちぶ》に修正《しゅうせい》をくわえています。学年《がくねん》は投稿時《とうこうじ》のものです。

ひびきたちに聞《き》いてもらいたい、あなたの悩《なや》みを教《おし》えてね！

今回《こんかい》は、この本《ほん》の原稿《げんこう》を先《さき》に読《よ》んでもらった、青《あお》い鳥文庫《とりぶんこ》ファンクラブ・ジュニア編集者《へんしゅうしゃ》のみんなからのお悩《なや》みを紹介《しょうかい》しました。あなたも、じぶんの悩《なや》みを聞《き》いてもらわない？

〒112-8001（住所《じゅうしょ》はいりません）
講談社《こうだんしゃ》　青《あお》い鳥文庫編集部《とりぶんこへんしゅうぶ》　「ふしぎ古書店《こしょてん》」お悩《なや》み係《がかり》
まで、あなたのお名前《なまえ》、ふりがな、学年《がくねん》を書《か》いて、はがきで送《おく》ってね。
（すべての悩《なや》みを掲載《けいさい》することはできません。）

＊著者紹介

にかいどう青《あお》

神奈川県出身。おうし座のB型。弓道初段。早稲田大学第一文学部卒業後、本屋さんで働きながら小説家としてデビュー。

好きな宮沢賢治作品は、『なめとこ山の熊』。

＊画家紹介

のぶたろ

兵庫県生まれ。アニメーター兼イラストレーター。

「アイカツ！」「黒魔女さんが通る!!」「バトルスピリッツ」「イナズマイレブン」「カードファイト!!　ヴァンガード」など、多数のTV作品のアニメーターをつとめる。

好きな宮沢賢治作品は、『注文の多い料理店』。

講談社　青い鳥文庫　　　315-2

ふしぎ古書店《こしょてん》②
おかしな友《とも》だち募集中《ぼしゅうちゅう》
にかいどう青《あお》

2016年6月15日　第1刷発行

（定価はカバーに表示してあります。）
発行者　清水保雅
発行所　株式会社講談社
東京都文京区音羽2-12-21　郵便番号112-8001
電話　編集（03）5395-3536
販売（03）5395-3625
業務（03）5395-3615

N.D.C.913　252p　18cm
装　丁　久住和代
印　刷　図書印刷株式会社
製　本　図書印刷株式会社
本文データ制作　講談社デジタル製作部

（落丁本・乱丁本は，購入書店名を明記のうえ，小社業務あてにお送りください。送料小社負担にておとりかえします。）

■この本についてのお問い合わせは，青い鳥文庫編集までご連絡ください。

ISBN978-4-06-285563-1

ふしぎ古《こ》書《しょ》店《てん》
3
さらわれた天《てん》使《し》
……チィちゃんがいなくなった？
たいへんだ！
そんなの
大《だい》事《じ》件《けん》じゃないかっ！
予《よ》告《こく》
2016年《ねん》9月《がつ》
発《はつ》売《ばい》予《よ》定《てい》！

講談社　青い鳥文庫

十一月の扉　高楼方子
ロードムービー　辻村深月
十二歳　椰月美智子
しずかな日々　椰月美智子
幕が上がる　平田オリザ／原作　喜安浩平／脚本　古閑万希子／文
旅猫リポート　有川　浩
ルドルフとイッパイアッテナ　映画ノベライズ　斉藤　洋／原作　加藤陽一／脚本　桜木日向／文

日本の名作

つるのよめさま　日本のむかし話(1)23話　松谷みよ子
舌切りすずめ　日本のむかし話(2)24話　松谷みよ子
瓜子姫とあまのじゃく　日本のむかし話(3)24話　松谷みよ子
ごんぎつね　新美南吉
源氏物語　紫　式部
平家物語　高野正巳
耳なし芳一・雪女　小泉八雲
坊っちゃん　夏目漱石

吾輩は猫である(上)(下)　夏目漱石
くもの糸・杜子春　芥川龍之介
次郎物語(上)(下)　下村湖人

宮沢賢治童話集
1 注文の多い料理店　宮沢賢治
2 風の又三郎　宮沢賢治
3 銀河鉄道の夜　宮沢賢治
4 セロひきのゴーシュ　宮沢賢治
舞姫　森　鷗外
走れメロス　太宰　治
二十四の瞳　壺井　栄
怪人二十面相　江戸川乱歩
少年探偵団　江戸川乱歩
伊豆の踊子・野菊の墓　川端康成　伊藤左千夫

ノンフィクション　ほんとうにあった話

川は生きている　富山和子
道は生きている　富山和子
森は生きている　富山和子
お米は生きている　富山和子
窓ぎわのトットちゃん　黒柳徹子

トットちゃんとトットちゃんたち　黒柳徹子

五体不満足　乙武洋匡
白旗の少女　比嘉富子
飛べ！千羽づる　手島悠介
マザー・テレサ　沖　守弘
アンネ・フランク物語　小山内美江子
サウンド・オブ・ミュージック　谷口由美子
しっぽをなくしたイルカ　岩貞るみこ
命をつなげ！ドクターヘリ　岩貞るみこ
ハチ公物語　岩貞るみこ
ゾウのいない動物園　岩貞るみこ
青い鳥文庫ができるまで　岩貞るみこ
読書介助犬オリビア　今西乃子
しあわせになった捨てねこ　今西乃子／原案　青い鳥文庫／編
はたらく地雷探知犬　大塚敦子
タロとジロ　南極で生きぬいた犬　東　多江子
盲導犬不合格物語　沢田俊子
ひまわりのかっちゃん　西川つかさ
海よりも遠く　白石康次郎／原案　和智正喜
ぼくは「つばめ」のデザイナー　水戸岡鋭治
ほんとうにあったオリンピックストーリーズ　日本オリンピック・アカデミー／監修
ほんとうにあった戦争と平和の話　野上　暁／監修

講談《だん》社《しゃ》 青《あお》い鳥文庫《とりぶんこ》」刊行《かんこう》のことば

陽と水《みず》と土《つち》のめぐみをうけて、葉《は》をしげらせ、花《はな》をさかせ、実《み》をむすんでいる森《もり》。小《こ》けものや、こん虫《ちゅう》たちが、春《はる》・夏《なつ》・秋《あき》・冬《ふゆ》の生活《せいかつ》のリズムに合《あ》わせてくらしている森には、かぎりない自然《しぜん》の力《ちから》と、いのちのかがやきがあります。

の世界《せかい》も森《もり》と同《おな》じです。そこには、人間《にんげん》の理想《りそう》や知恵《ちえ》、夢《ゆめ》や楽《たの》しさがいっぱいつまっています。

の森《もり》をおとずれると、チルチルとミチルが「青《あお》い鳥《とり》」を追《お》い求《もと》めた旅《たび》で、さまざまなを得《え》たように、みなさんも思《おも》いがけないすばらしい世界《せかい》にめぐりあえて、心《こころ》をゆたかにするにちがいありません。

「講談社《こうだんしゃ》 青《あお》い鳥文庫《とりぶんこ》」は、七十年《ねん》の歴史《れきし》を持《も》つ講談社《こうだんしゃ》が、一人《ひとり》でも多《おお》くの人《ひと》のために、すぐれた作品《さくひん》をよりすぐり、安《やす》い定価《ていか》でおおくりする本《ほん》の森《もり》です。その一さつ一さつが、みなさんにとって、青《あお》い鳥《とり》であることをいのって出版《しゅっぱん》していきます。この森《もり》が美《うつく》しいみどりの葉《は》をしげらせ、あざやかな花《はな》を開《ひら》き、明日《あす》をになうみなさんの心《こころ》のふるさととして、大《おお》きく育《そだ》つよう、応援《おうえん》を願《ねが》っています。

昭和《しょうわ》五十五年《ねん》十一月《がつ》

講談社

ちさと

ジャスミィン